かなり緩やかな愛の前進

ジャン・ポーラン

かなり緩やかな愛の前進

榊原直文訳

水声社

目次

ひたむきな戦士

ぼくは愛を交わし、戦をした
この二つの務めは魅力に溢れている。
――パルニー〔フランスの詩人（一七五三―一八一四年）〕

傍目《はため》には……

傍目にはぼくは実際の年齢より上に見えるらしい——ぼくの名はジャック・マースト、十九歳だ。戦争が始まって三週間になるが、誰もが、学校の休みを過ごしているこの村の娘たちも、こう訊いてくる、

「征かないのかい？」

百姓たちはぼくのことを祖父母の代から知っていた。それゆえぼくの評価は以前から定まっており、それをぼくも尊重していた。そもそも、身につけたその習慣によってあるいは言い交わす冗談によってさえも、彼らはぼくを凌駕しているように感じられた。自分の方がずっと教育があるという思いも、ここでは実質が伴わず、力ないままに留まっていた。それは何の役にも立たなかったのだ。そういうわけで、ぼくが彼らの尊敬に値し続けていたのは、ぼくの善意のなせる業だった。

だから皆はぼくが出征しないことに驚いているのだ。じつは、戦争になるだろうとぼくは二年前か

ら言っていたのだし、そういう事態を不安に陥ることなく受け容れてもいた。さしあたり、それだけ炯眼であったことが、そしてそれだけの活力を持ち合わせていたことが、十分に素晴らしいことにぼくには思えたのだ。しかし皆は、逆に、そうした資質はぼくが戦争と一種の共犯関係にあることから来ていると思っていた。だから、ぼくはもっと早く参戦すべきであったというわけだ。それで、自分でもそう思えてきた。皆がその二つの事柄をいつも結びつけて考えるものだから。いささか野性的な風貌ではあるが、ぼくは人々の判断にほかの人よりも敏感なのだ。

カスターニュ爺さんは言ったものだ、

「わしゃあ、大丈夫だと思うよ。七十五歳だが。力はあるし、勇気もある。毎日、仕事をしてるんだ」

そしてコセックは、荷車を押しながら毎朝、窓辺の女たちに語ったものだ、

「おいらには、自分たちも入れて二十二の民族があると言ってるんだ。中国人もいるが、奴らは棒で殴り合う、呼べないさ。カナダ野郎もいるが、あいつら人を食うんだ」

こうした言葉は、一般には滑稽と映ったのだが、ぼくを感動させた。なぜなら、そこには理屈が絡んでいない裸の感情があったからだ。冒険を求める好奇心も読みとれた。

リシュボワとテオは自分たちの連隊に戻っていた。子供の頃ぼくらは三輪車でこの道に遊びに来たものだ。というより、ぼくは彼らを競争させて一等の者に賞をあげたのだった。年下だというのにぼくはなんと威厳があったことか。もっとも、最後の休みの頃は女の子のことで敵わなかったが。娘た

ちが籠を持って通りがかったりあるいは弟を縁日に連れて行ったりするとき、彼らはぼくにはとてもできないような上手い冗談を飛ばしてからかうのだった。すると、中のひとりが振り返って彼らを見つめるのだ。かすかに感謝の念の浮かぶ眼差しで。

自分のことを「村一番の伊達男になるだろう」と言われると、ぼくは困惑したものだ。

四週目に志願した、いくぶんかは小心さゆえに。サン＝ドニで歩兵連隊に合流したのだ。隣の部屋はグランツだ。グランツはある晩、ぼくと同じように志願したブランシェと仲間のシエーヴルをカフェで紹介してくれた。ぼくらは気が合いそうだ。それに出発も一緒のはずだ。彼は恋人を部屋へ呼んだことがあった。その恋人は洗濯の仕事をしているらしい。この薄汚れて雑駁な街に住んでいるのだそうだ。

そのときグランツとシエーヴルが、彼女とぼくらの面前で、決して別れないことさらには互いに相手のためには死をも厭わぬことを誓い合った。

「もしおれがやられたら、家族に手紙を書いてくれ」

「誇りに思うだろうさ。うまくやっとくよ」

このようにグランツは言う、なかば冗談に。

こうした心の内を口にするときの彼らの気安さには、少なからず当惑した。とはいえ、ブランシェとぼくもその誓約に混ぜてくれと頼んだ。しかし真に受けてもらえず、

「おまえが前線に出る前に戦争は終わってるよ」と言う。

そこでぼくは思ったものだ、「何日間か戦う時間が持てればいいのだが」と。

羊の毛皮

1

ぼくら五十人の増援部隊は、早朝、静かにサン゠ドニを後にする。小僧が何人か走って随いてくる。車輌係のデプラが安物の旗を銃身に立てた。ブランシェはぼくの脇を歩いている。年若の女の人がひとり、ぼくらの前になったり後ろになったりしているのだが、しばらく夫の銃を担いでいる。つぎの長く続いた道程からぼくの覚えていることといえば、ある農家に到着した場面だけだ。ぼくらの後に随いてきた荷車が、そこで荷物をすべて下ろして引き返す。厩舎や納屋を見つけ、しばしそこで休んで出かけようとすると、戸口には早くも、籠を二本の境界標に凭せ掛けて菓子や酒を売る女が何人もいる。

その中の一人とお喋りをした。すると、彼女の従姉妹と以前会ったことがあると分かった。従姉妹はアルジェ広場で、曜日によって油菓子をあるいは銀製の壺や食器を、売っていたのだった。話をするにはもってこいだ。ところが、一時間して帰るときには、彼女の籠は空っぽ同然だった。家に夕飯を食べに来るよう誘ってくれた。

小径を長らく彼女に随いていった。また、湿原を区切っている小さな堤防の上も歩いた。家は天井が低く、四本の支柱の上に建っていたのだが、ボール紙と砂からできているように思えた。床には、何枚かの使い古された絨毯が重なり合うように敷かれていた。お湯が絶えず沸騰していた。

お茶と酢キャベツを出してくれた。息子のひとりが東部戦線で戦っており、もうひとりが看護兵ということだった。年老いた女の人が入ってきたが、ときおり部屋から姿を消した。するとあの菓子売りが、傍にきて座って、なにくれとなく訊いてくるのだった。肌の浅黒い娘がふたり入ってきたが、ひとりは本を読み始め、もうひとりは間もなく出ていった。

期待していたあの素朴な楽しみを覚えることはなかった。歓待されることは、その魅力は察しがつきはするが、しかし自分には無関係で、無益であるかのようだった。「優しい気持ちになって、お喋りに身を任せられているな」と思うことがあっても、戸惑いや後悔に似たものを感じないではなかった。こうしてぼくはおのれの新たな状態を思い知らされた。すなわち、疲れて介抱されたいのではなく、むしろ捨て置かれ、疲弊することを欲していたのだ。

しばらくして帰ろうとするが、暗くて路がよく分からない。髪が褐色の娘たちとすれ違ったのだが、その中で一番幼い子が遠くの方を指差して、教えてくれる。その宵の記憶は、たとえどれほど入念に辿ったところで、さして鮮明にはならないだろう。しかし、夢にみる大伽藍にも似て、内部の豊潤さに満ちているような気がする。見つめるほどに、幾多の新たな細部が限りなく見出せるような気がするのだ。

2

ブランシェとぼくは気ままに路を進んだ。ときには集団の先を行くこともあったが、たいていは、走るなりあるいは枯葉の敷きつめる近道をとるなりして、集団に追いつこうとしながら。

高台に達してみると、森は、赤や緑、紫、もしくは金銀の色に照り映えて見えた。樹々の高みからひんやりとした香りが降りてきていた。

分遣隊が歩みを止め、ぼくらは苔の上に座って鰯を食べた。今度は、珍しく、ボートが一隻浮かぶ湖畔の爽やかな山小屋の近くだった。幹が白く細い一本の樹が半開きになった扉のようだ。

身動きせずにいる間でさえも、ぼくらは行軍の必要性とその方角とを感じていた。しかもそのことを気遣うには及ばないほど強く。ほかのことに関しては、どれも似たような、取るに足らない印象を受けるばかりだった。

森を抜けると平原だったが、首に三角の木を提げた雌牛が五頭、草を食んでいた。つぎに人家の半分ほどにしか人の住んでいない村が現れた。ひとりの老女が、カーテンを開け、白い被いの掛かった大きな肘掛け椅子に坐って、客間からぼくらが通り過ぎるのをじっと見ている。しかしその隣の家は切り妻が崩れ、二枚の木戸が、留め具の一つが外れて垂れ下がっている。

ほかの何よりも、歩道もろとも抉られた地下室がぼくを動転させた。裂け目から、蝋引きされた食器棚が、布切れ、土、粉々になった木の混じりあう下に覗いていた。欺かれた安心の図だ。行軍の最初の数時間は、ぼくたちを驚かせ、疲れさせた。しかし、それ以降の影響はそれほど単純ではなかった。疲労と同時に、その疲労に対抗するありとあらゆる力が心の内に広がってきたのだ。そのことは森を横断しているときにひときわ強く感じられた。

戦争の爪痕は抉られた道路にも明らかだった。自転車を磨く男がひとり、馬に乗って館の門前を旋回している男がまたひとりいた。

ぼくらは人気《ひとけ》のない野原を、それから泥の峡谷を横切った。休憩したのは石切場だった。あちこちにある割れ目は初期の塹壕の跡だそうだ。

ブリキ板の下で四人して雨宿りをする。

「戦争をしていると思えるかい?」

「切り抜けられればな」と軍曹が言う。

ギャラスが鞄からチーズを取り出す。が、食べない。殺されたばかりの歩兵が穴底に横たえられる。土がかけられると、揺れた。

ぼくらは待機した。雨がブリキ板に音を立てて降っていた。そのとき、ずんぐりして元気のいい男が洞穴から後ずさりで出てきた。杖を振り回しながら道を指し示して言うには、「右の壕を辿れ」。それだけだ。いや、呼び戻されたかと思うと、「そして身を屈めろ、諸君」

連結壕を進み始める。たまに、男が身をよけてぼくらを通してくれる。「止まれ！」ぼくはブランシェの脇を離れない。すでに最前線で戦う軍なのだ。暗くなってくる。前も後ろも、そして上も、内部の湿った土だ。ドイツ軍はこの胸壁と原っぱの向こうだ。ここからは見えない。向こうもこちらを見えまい。

冷たい雨が降り続いていた。ぼくはブランシェをよく両膝の上に乗せた。あるいはふたつの頭巾を合わせるようにして抱き合った。それから、代わるがわる、鶴嘴《つるはし》で防空壕を掘った。ねっとりした土が表面の土とともに剥がれたりした。穴がやっと聖母像を置けるくらいの大きさになったとき、仕事を止めよとの指令が出た。よそでは防空壕が崩れていた。

そういうわけで、体の芯が冷え切って動けないあの状態で、雨に打たれていなければならなかった。その指令が、まず一撃のように硬い歓びを、それから、初めこそ不確かだったがやがてしっかりと心の内に立ち昇り始めたあの感覚を、なぜぼくにもたらしたのかは分からない。その感覚は、満足でもなく不安でもない、まさに亢奮の始まり以外の何ものでもないのだった。やがてそれは拡がり、ぼくの全身を領した。

3

アラブ人狙撃兵がひとり通った。真っ赤な炭火にかけられた飯盒を両腕で抱えて、どいてくれるようぶつぶつ言いながら。そして胸部を鋼鉄の鎧で被った歩兵が、やっとの思いで胸壁をよじ登る。偵察に行くのだった。ぼくらの周りでは、弾丸が何発か、溜息をついたり唸ったりしていた。ぼくはこうした大地すべてを、こうした人達みんなを迎え入れる思いだった。内心に確信と平衡を感じていたのだ。まるでおのれのうちに一本の若木が生え出たかのように。

ところが、体と心とのこの力の結託は、同時に外部の事柄に、そして集合した兵士たちの努力と想像されるものに相似ることによっても、またぼくを感動させたのだった。ぼくはまだ戦争の何も見せられてはいなかったにもかかわらず、心の内にそれを実感し、自然なことと思えたのだ。

陽が昇った。銃眼からは、あちこちに針金の散らばった泥土が辛うじて見えた。ぼくはフェレールそれにカロニス伍長と知り合いになった。隣にいたのだ。少しして、宿舎担当下士官のジュール＝シャルルが一緒に仕事をしてくれるよう頼みに来た。ぼくは承諾した。

それは不満に思うには当たらなかった。その晩——ぼくらは第二戦列の防空壕に戻っていたのだが——、フランス婦人連が送ってくれたセーターや暖衣の小包の上に、彼はぼくのために羊の毛皮をとっておいてくれたのだ。口がよく閉まってなかったジャムの壺と一緒だったために、その胸のところに大きな薔薇色の染みが付いてはいたが。

目覚めると、戸口の前は淡い雪が舞っていた。なんと緩慢で混濁した目覚めであったことか。夢からまだうまく抜け出せていなかったのだ。邪険な物売り——何しにそこへ来ていたのだろうか——、膝の痛み（こんなでは検査に行かねばなるまい）、殊にこれら砲弾や一斉射撃が飛来する、暗く眩く輝くあの場所へ連れて行かれるのではという不安。

あれらの夢に現れている卑怯さのせいで、ぼくにはある失墜感が残った。だが身を起こしもしないうちからその原因を探り、うすうす感づいた。それは折り曲げて強ばった脚のせいでも、冷たい顔のせいでもなかった。そうではなく、羊の毛皮の下で胸があまりにも温かく、心地良かったからなのだ。するとと、同じような居心地の悪さを初めて体験したときの思い出がたちまち押し寄せてきた。たしかに先程は菓子売りの夢を見ていたのだった。彼女はぼくに一杯の熱いお茶を差し出さなかっただろうか。自分の冬コートからぼくのために毛皮を外さなかっただろうか。その女の人が善良であることが悪いとは思わない。また羊の毛皮が温かいことも悪くない。ただ、ぼくは、それらのいずれをも特別の好意なのだとあまりにも思い過ぎていたのだ。(それは唯一つのものだったとジュール＝シャルはぼくに念を押していた。) それらをそうしたものとして受け取り、そして独りそれを歓んだぼくの心遣いが、普段の生まじめさと相容れず、明らかに内心にできつつあった戦闘的良心——ほかに言い様を知らないのでこう言うのだが——に害を及ぼしたと思われるのだ。

混沌とした夜

1

明るみの中、遮蔽壕の上を禁じられている煙が流れて行く。木を挽く音。言葉が交わされる、

「作ってるのは新しい家かい？」

「だからどうした！」

枝と葉の家だ。ブランシェはぼくらの家には大した仕事を命じなかった。雨が入らないようにする布切れ、（幸せをもたらす）ヤドリギ、持って来るのが一苦労だった針金で括った柵（細枝を支えてくれるだろう）など、役に立つというよりは巧みな工夫というべき代物だ。歩兵たちが肩に丸太を担いで昇る。足が滑るので、片手で小屋の柱に掴まりながらだ。遮蔽壕の入口にテントが張られ、座ってあるいは横になって、食べたり、肩肘をついて夢想に耽ったり、やたら撃ちまくった銃に油を差したりする。夕方、霧が出て、煙の上に、そして鈍い光に満ちた小屋の上に、降りてくる。新聞を読む大きな声、炭火の火花、隣の者たちが腰を曲げて行き来する。

時折、いきなり斜面を駆け下りなければならなかった。ジュール＝シャルルにパンの配給を監視するよう呼ばれるからだ。また、ブランシェと一緒に森へ行って、薪を束ねては火を点けてスープを温めたり、それを運んできた者たちに暖を取らせたりした。中隊はこの丘に第三列として五日間留まらなければならないのだ。樹々を、黒々としたあるいは凍てついた水溜まりを、他のどこよりも広いように思われた空を、はたまた枝で簀の子を物静かに編んだり防柵に有刺鉄線を巻きつけたりしているアラブ人を、ぼくは好んで眺めたものだ。

しかしながら、こうしたものすべて、子供の頃の思い出から蘇ってきた草花や果実も、ぼくにとって物珍しい訳ではなかった。いや、そうなのではなく、ぼくの見方が変わったのだ。だから、あらゆるものがかつてない魅力を湛えていたのだ。農民たちがやっと治めているあの自然は、ぼくには、面倒で、とかく悪意に満ちたその習慣に従わなければならぬ年老いた女中のように思えたものだった。ところが今や、戦争ゆえに、自然に対して対等の立場に立たざるを得なくなったぼくは、その信頼を得ていた。ちょうど、それまで指図していた男の地位に下りてみると、じつはその男が思想や感情が豊かであることを知って驚くようなものだ。また動物たちの威厳に胸を衝かれた。たとえば、鳥が恭しく林の上を飛んだりあるいは小径に舞い降りたりしている。馴れ馴れしすぎもせず、またまったく人に馴れていないという風でもなく、単にこちらに寄って来ないのだった。ぼくの方から近づくとしばらくして飛び立った。慌てもせず、ぼくがその原因だという素振りも見せずに。

(ときに砲弾が唸りながら飛んで来ては沼に落ちた、爆発しないうちに。あるいは物凄い音を立てて空中に発射されたかと思うと、茂みの上にばらばらと落ちてきた。またある日、銃弾が松の幹に突き刺さるのを見た。)

ぼくは長い間、社会——文明化した人々あるいは世間の謂いだが——から離れたいという願いをもっていた。そして山野へ出てあるいは未開人の傍らで、生きて行きたいと望んでいた。もしくは、居残るならば速やかに革命が起こることを求めていた。こうした夢は当時の多くの青年(自然での生活の中に、社会的拘束から逃れることと同時にいっそう大きな自由と自らの才能の開花を期待していた青年)に共通のものだった。ところがその夢が、待ち望んでいたものとはまさに正反対の形で実現したのだ。なぜなら、ぼくらはこの自然の中で革命よりも遥かに危険な敵意に晒されていたのだから。

したがってぼくは、自分の意見がやや愚弄された思いだった。

しかしこの発見をもとに考え直した。もしこの危険の中でこそ初めて十全で確固たる生を感じているのだとするならば、苛立ちの原因は、ぼくの感情がそしてぼく自身が、平和裡に持続し続けると約束されていることにあるに違いなかった。

世間の敵意はといえば、ぼくの非難の本当の意味は次のようであったらしい。すなわち、脅えつつ生きて行かざるを得ないほどにはその敵意は強くなかったということだ。ぼくは単に、その弱さを利用して愚痴をこぼしていたにすぎないのだった。

最初の考え方によれば野山での生活によってもたらされるはずであった自由、ところがそれが到来したのは、わが身を縛る拘束からだった。その束縛を逃れる瞬間に、自由と感じたからだ。そのとき、周囲の広大な大地はぼくの内面の生に似通っていた。様々な感情を抱くことができたように、しかもそれと同じ容易さをもって、大地の壮大さを、また草原、森、耕作地といったその多様な姿を、ぼくは想像した。

最初から一挙に覚えてはいたものの、なぜなのかその理由が分らぬままだった戦争に対する共感は、こうして陰影を帯びて、説明がついたのだった。つまり、銃弾や砲弾等のあれら外部の出来事が絶対的な明瞭さを誇っていたために、どのような混同（たとえば、ぼくらの気分を太陽や雨模様と関係づけようとするような）も起こり得なくなり、その結果、そうした出来事から一瞬解放されるだけで逆の方向へ深く進み入り、魂の感情を味わうこととなったのだ。

ところが、それらふたつの方向が混ざり、ある夜を奇妙な一夜とすることとなった。

2

「それはやつらが人形と呼んでいるものだよ」とシエーヴルが説明する、「空中を右に左に揺れながらやって来るんだ。ゆっくりしているので逃げる暇はあるのだが、落ちると塹壕の十メートルはかるく吹っ飛ぶね」

峡谷に宿営している所属中隊を今夕離れて、こちらに来たのだ。

「こうしたことが何と二十世紀に起こっているとは」とギャラスが戸口から呻くように言う。

「ただ」とシエーヴルが付け加える、「おれが鼻持ちならないのはこういうことよ。つまり、資本家たちのために戦っているということさ。やつらが前線にいるべきなんだ。ところが動員を免除されているときたもんだ」

「おれの友だちに」とジュール＝シャルルが口を出した、「数百万の遺産を手にした奴がいるよ」

不精者のグランツがブランシェの後ろで横になる。火からは遠いが一番気楽にしているのは彼だ。ジャムをいくらか渡してあげる。

「おまえ、ナイフを藁の上に置いたままだぞ。怪我しちまう」とブランシェ。

「戦による怪我ということになるだろうよ」

「腕に一発、弾でも喰らわねぇかな。そうなりゃ、手当に美味い鶏肉がいただけるぜ」とグランツ。

ブランシェが微笑む。しかしシエーヴルが別の話を始める。

「きのう、ひとりのドイツ兵が塹壕から出てこっちに向かってきたが、銃を持ってないんだ、杖だけなのさ……」

九時になると、グランツとシエーヴルはマントの下に隠すようにして角灯を点し、出て行く。そして片腕を伸ばして樹から樹へと摑まりながら進んで行く。ブランシェとぼくはじっとしているが、その間、ジュール＝シャルルは身体を洗ったり、フランス婦人連からのセーターを、一番良いのを自分のものにしようと、ひとつひとつ試着したりしている。

まだ燃えている火のせいで小屋がいっそう狭く感じられる。ブランシェが立ち上がる。そしてジュール＝シャルルの身振りと合うように注意しながら、赤く燃える石炭を掻き集め、その熱を纏めようとする。

それから毛布にくるまり眠る、頑なに――夢も見ず、いや夢を警戒さえしながら。そして朝まで、両腕をきちんと脇につけて伸ばした同じ姿勢を維持しながら。頭はケープを被り重いが、貴重に思える。短靴の紐を緩めた足は軽く、裸足でいるかのようだ。

「セーターがきつすぎる」と、突如ジュール＝シャルルが言う、「息をするのがやっとだ」

起き上がろうとして、両脚を揺り動かす。

しかしぼくらを目覚めさせたのは突然の銃弾の来襲で、ビュンビュン、タタタタと岩に当たり、樹を打ち砕く。それから、それほど物凄い数だったということだが、屋根に留まって鳴いている蝉の大群のように凝集して不動となったように思えた。

「背嚢を準備して、立て！」と声がし、誰かが出て、小屋から小屋へとのろのろと歩き回る。

ぼくは直ちに起き上がって、靴紐を緊め、戸口に近づく。身震いしているものの、恐怖に似たいかなる感情も覚えてはいない。ところが、すぐにまた辺り一帯が静まり返った。百二十砲ばかりが煙の中を唸り、炸裂する。折れた枝が、何本かゆっくりと倒れる。そして内側の枝をへし折る。いつもの夜が戻ってきた。

「刺されたと思うよ」とブランシェが言う、「おまえがナイフを藁の上に置きっ放しにしたんだ。気をつけろとあれほど言っておいたのに」。その後、「いや、蜘蛛だ。質《たち》の悪いのを日中見たんだ」

「蜘蛛か。まったく手に負えないのが時々いるな」と誰かが言う。

そこで切り上げて、寝る。腹が黄金色で雀蜂に似ているその蜘蛛をぼくはたしかに見たことがある。

しかしブランシェがまたも目を覚まし、訊ねる、

「怪我させた男だが、いまどんな具合だい？」

「怪我したのはおまえだろ」とジュール＝シャルルが答える。

するとぼくらにはそのことがとても単純なことに思えてくる。

しばらくしてぼくは起き上がる。ブランシェが戻ってくる。ということは、出て行ったのには気づかなかったのだ。

「おれが喰らったのは銃弾だってさ。腕を軍曹に見せると、『でもおまえの袖に穴が開いているはずだ。やはりそうだ。貫通してるんだから、藁の中を探さなくては』だとさ。だけどあれは確かにおまえのナイフだったよ。おまえを恨んだよ、一晩中」

「カザマタがそういうのを喰らったことがあってさ」とジュール＝シャルルがいう、「目の脇に当た

って、半分ほど入り込んで止まったのさ。すると振り返ってフェレールにこう言うんだ、『おまえは黙ってろ』（小さなパンが投げられたと思ったのさ）。そして指で取り出したんだ」

銃弾がトラスィ＝ル＝ヴァルの戦いから飛んできていた。ドイツ軍がその村を奪い取っていたのだが、その後捨て去ったに違いない。

あの横にした銃とあの白い土手……

1

あの横にした銃とあの白い土手、それにあの月影とに囲まれて、ぼくは朝の三時まで見張りに立った。それから寝に戻った、厚板に支えられたこの防空壕の中、初日の不恰好な小屋へと。作り始めたのはぼくらだが、第八中隊が昨日完成した小屋だ。

天井から根っこが何本か垂れている。ぼくらは腰を曲げた恰好だ。初めのうちは銃や剣帯、吊革などが瘡蓋のように強ばって窮屈に身にのし掛かる感じがする。

ぼくらを目覚めさせるのは砲弾や銃弾の音ではない。それよりも背嚢を下ろす音であり、誰かが立ち上がっては雑魚寝するぼくらを押し崩してゆく音だ。それと朝方のお喋りだ。

「何の役にも立たぬ、狙撃兵の奴らは。昨日見た奴は赤痢に罹っていて、奥の水溜まりの中で寝てたぜ。今ごろはもうくたばっちまったろうよ。『これ、やってみたいか』と言っても、『隊長、おれ疲れてるんで』。『これはどうだ?』、『隊長……』。ドスッと棍棒を一発、喰らわしてやったよ」

「……ジュースをくれ、ジュースを……」

言葉がぼくら自身より先に目覚める。湿った服を着て革を背負ったままでいなければならないこのぼくらよりも。

「それで、ヴィルジルとおれは言い合ってたんだ、森には怪我したドイツ兵が何人かいる、止めを刺しに行こうぜと。ところが前に進み始めるや、重砲弾が……」

「そりゃ、おまえ、間違ってたよ。あそこにいるときじゃないよ、奴らがもう抵抗できなくなるのは。そうじゃなくて、襲撃して、奴らの腹の真ん中を突き刺してやるときさ、ぐさっと!」

ぼくは被いをまくり上げてみる。塹壕が小さくて驚く。身の丈の溝だ。そしてその上には空が広がるばかりだ。

さらに高いところで砲弾が炸裂する。すぐに、樹々の枝に弾が降ってくる。銃眼からは、少しばかりの原っぱと、沼の水面の木の葉のように凍えて地面にへばりついた死人が見分けられる。ティールマン伍長が乱射する。(何を狙ったのか。腕を磨くためにまず死人に向けて放ったのだろう。)赤いベルトを首に、青いベルトを腰に締めて、胸をはだけた上着の下にセーター二枚と、それよりも長い狙撃兵用の色褪せたチョッキを着ている。鈍重で無情そうに見えるのだが、発砲するとすぐに身震いしている。

樹の葉が黄金色になる。どの方角かに陽が昇るに違いない。

ドゥコックが来たと思ったら、身を引きずるようにして脇の方へ行き、呻いている。「今度こそまともに喰らった銃弾がこれ以上に力があるのでなければいいが」。表現がいささか変だ。裸形の言葉の彩のようだ。「あれは痛いな」とティールマンが言う、「唸るのも無理はないな。でもいつまでも残るよ、あの痛みは。よく耐えてるよ」。このように残忍さが至るところにある。自分自身に対してさえも。

ジュースの配給当番を終えて炊事場へ戻るのが早すぎた。待つことにしよう。ぼくは米俵の上に腰を下ろす。伍長とギャラスはちょっと村を歩いてくるという。コーヒーが燃えさかる火に温まっている。ぼくらは手をかざす。

五人分ずつ、生肉と空のコップがテーブルに置かれている。すり減った壁が、何本かの植物とアブラナの花がそこに描かれているのだが、ぼくらを教会から隔てている。セサックが塒《ねぐら》にしている箱から四つん這いで出てきて、もうぼくらがいるのを見て驚く。

探し回って、チョコレートを見つける。セサックがラム酒を少しくれる。(「前の料理人が田舎に飛ばされたのは」と彼は言う、「村に女を囲っていたからだ」。)ある優しさが、こちらが気遣っているからなのだが、物から漂ってくる。出発しようとすると重砲弾が唸りながら飛んできて、さほど遠くないところで、巨大な扉をいきなり閉めたような音とともに炸裂する。

外に出ると、あの大きな樹が傾いて行き、音もなく倒れるのが眼に入るばかりだ。ところがカロニス伍長がぼくを突き飛ばし、調理場に跳び込む。二本の袖は泥まみれだが、それを拭おうともしない。

「すぐ傍だぜ。思わず自分を見たよ、五体満足かどうかね」

「奴ら、癇癪でも起こしたんだ」とノルマン。こうして時は続いて行く。

ちびのギャラスが急いで戻ってくる。首に巻いたタオルがマフラー代わりだ。

さらに強く唸る音が、さらに近くに、迫ってくる。恐ろしい。ぼくらは身を投げ出して、腹這いになる。そして、身も心も閉ざして、しばしじっとしている。

重砲弾が炸裂し、「伏せてろ」とカロニスが叫ぶ、「破片が飛ぶぞ」

黒ずんだ破片が、のろのろと飛んで行くのが見える、もしくは見えるような気がする。

止んだ。セサックが再び箱から出る。ギャラスが買ってきておいたチーズを一切れ、自分のために切る。「奴らが砲台をあと五メートル前に据えれば、やられたね」というブランシェの言葉に、皆、爆笑する。(「五メートル後ろに」と言うべきところだったのだ。)

ぼくらはまたしても砲弾の恐怖を、少なくともその気配を、覚える。そしてその他のものに対するあの無関心を。

「もし戻れたなら」と、例の箱があるためじつに平然とセサックが言う、「話してやることがいっぱいあるぜ。ガキどもをみんな回りに座らせて、そして、始まり始まりぃ。もし『そりゃ嘘だろ』と言ってくるのがいたら、バン!と一発、びんたを見舞ってやるぜ」

二つ目の重砲弾が調理場の目の前で炸裂したが、誰も怪我は負わなかった。七面鳥さえ無事で、グゥグゥ鳴きながら紐を引っ張っている。しかし一発目が大トカゲの脚を粉々にし、馬も二頭、殺されていた。うち一頭は死んだが、もう一頭は、胸と左肩を引き裂かれたものの、ぼくらから離れたところに立ち尽くしていた。無傷の側ばかりをこちらに向けて。

2

これら二度の体験の際にぼくが覚えた感覚を、またそれら体験がぼくにとってはいかに異様に似通った体験であったかを、分かってもらうのは難しい。それは、出来事それ自体にではなく、ある独自の特性に、言うなれば湖の水にとってその水位が意味しているであろうものに因っていたのだ。

その特性は、初めぼくの期待を裏切る形で明らかにされたのだった。というのもそれは、戦争に関わる事柄が引き上げてくれるはずのあの尋常ならざる水準になかったからだ。

ある残忍な話は、それを聞いている、したがって多少ともそれを分かち合っている限りでは、ぼくをそれに相応しい位置に引き上げてくれることはなかった——そもそもぼくにはそれは不正と映っていたのだ。ぼくは独りごちたものだ、「これは殊に鮮烈な歓びだ、敵兵の腹に銃剣を突き刺すような。だが自分には関係がない」——。しかし、それよりほんの一段低いレベルで、ぼくは落ち着きと一種の自信を与えられ、その残忍性の実在を感じ取っていたのだ。そして同じようにして、恐怖ではなく、代わりに命をいとおしむ優しい心を。

こうした感情はよく経験するところだと思われていることは承知している。しかし、今回は新たな感じで、ちょうど灯りがもたらされるようにぼくに近づいてきたのだった。それまでぼくは自分の無関心さに驚くことがしばしばあった。たとえば、誰かと別れるときでさえも、その人の悲しみがぼくに強いる悲しみ以外の悲しみをぼくは覚えないのだった。それに、冒険したいという気持ちを強く抱くこともなかった。それだからぼくは、考えごとをしたり心配事で気を揉んだりするときに、事物に対する人々のあの感情や連続した興味をあまり持ち合わせないのだった。人の威厳はとりわけそこにかかっているというのに。見知らぬ男が来て突如ぼくに命令を下したとしても、ぼくは、ぞんざいな気持ちから、その理由を訊こうと考えるより先にそれに従ってしまっていただろうと思う。

じつをいえば、この欠点はありふれたものだと思っていた。またごくふつうの感動も、他人においてのこととなると、すぐにぼくにはわざとらしい、不自然なことと映ってくるのだった。そうした感動を自分が他人に示そうと躍起になるとき、そうだったように。それで、それまでどのような状況においても、ぼくはその状況が要求しているよりもわずかに低いところにいたので、戦争によって、その戦争の水準にではなく、以前の平和の水準に至らしめられたわけだ。

すると、ひときわ新鮮だが、しかし確かで熟した感情を覚える、そんなひとときが訪れた。それはたわいもない事柄に際してだった。それだけになおさらぼくを驚かせたのだ。

自転車乗りのゴディノーが、中隊の買出しに行ったコンピエーニュから紙とペン軸、それに折り畳み式のインク壷をぼくに持ってきてくれるはずだった。ぼくはそれらを繰り返し何度も、また様々な風に想像しては、一日中、期待でうっとりとしていた。そしてきみたちよ、ぼくはもう一度、家具つきの暖かい部屋できみたちの傍にいることがあるだろうか。こうした思いが、深く考える暇《いとま》もなく、いやそれがほとんど一つの想念に纏まらないうちに、にわかにぼくを切り開き、引き裂く。

しかし、何にもまして、ぼくが存在しているという、そしてその存在は厳粛なものであるという、素朴で連続した感覚があった。そしてそれが、ぼくのささやかな考えにさえ信念の形象を与えていた。

ぼくはこうしたことすべてのうちに、最初の頃の恐怖や残忍性が残した形跡を、ある種の変換を介して見出していた。そしてさらに、生暖かい空気や薔薇色がかった白い靄、あるいは飛び立つあれらの鳩がいまやもたらしてくれる歓びのうちにも。

グランツはいかにして死んだか

1

グランツ、十一月二十五日、殺さる、と標された新しい木製の十字架が石切場にある。ぼくが到着した日に埋葬されたクレッシュの十字架の傍らだ。

ぼくらは食料班の仕事から戻ったところだ。グランツは昨夜も穴の中で丸まって、紫色のカードに何かを書いていた。

石切場を過ぎてからは歩みを緩めざるをえなかった。銃や満杯の鍋が狭い連結壕の両壁に当たって弾き返されたりもした。男たちはぼくらの通るのを見て飯盒を外し、パンでそれを磨き始めた。

しかしぼくは食事を腰掛けに下ろして、ブランシェを捜す。すると二つの銃眼の間、縦に伸びた群れの中に、ジュール＝シャルルが小包を縫い合わせているのが目に入る。

「おまえたちみんなが証人だ。がま口の中には百十フランあった。後で変なこと言いに来るなよ」

ブランシェは、糸と針それに住所用のボール紙を手にしている。皆、このようにグランツのことで忙しいのだ。

「おれの戦友だった」と、いつにもまして腰を曲げてギャラスが言う、「一緒に浮かれて騒いだが、偉ぶったところのない奴だった」

「何があったのか、おれは知ってるよ」とブランシェがぼくに告げる、「ドリュ伍長それにトルロンと三人して針金を取りつけていたのさ。ここに運んで来ることもできたんだが。胸に銃弾を喰らったんだ。ただ、『それでもやはり名誉の戦死だ』とだけ言ったよ」

「どうして『それでもやはり』なのさ」

「つまりこうなんだ。あいつら、おれらとドイツ軍の丁度真ん中にいたんだ。匍匐《ほふく》していたからほとんど見えなかったはずだ。それにしても、奴ら、腕のいい狙撃兵がいるなぁ。弾は一発だけだったんだが、それをグランツが喰らったんだ」

ブランシェが落ち着いて、さほど悲しんでいる様子も見せずに話しかけてくる。ぼくが分隊で学ぼうと思っていたのは別のことなのだが、それでもカロニス伍長の生涯の一大事に出喰わした。彼は、その日の午後は夕方まで村で薬莢を配る準備をすることになっていた。そこでドリユが居所を教え、助言する。「村でやってみるだけの価値があるのは彼女だけだ。入って、一杯頼んだら、すぐに持ちかけるんだ」

「握るかなぁ？」

カロニスは口髭に櫛を入れ、鞄から新しいシェシア帽を取り出す。「馴れてるよ、彼女は。いや、もちろん、何かくれてやるんだが」。それからはもうドリユはほとんど口を利こうとしなかった。そう、グランツが殺られていたのだ、それだけだ。兵が一人減ったということだ、それも優れた兵が。そのことを彼はどうしても言っておきたかったのだ。

こうした裏工作の争いは、しかしながら、楽しませてくれはした。ところで、塹壕から出るとすぐにぼくらは広々とした台地を歩いたのだが、そこからはもちろん空が見渡せた。夜明け前の朝は冷たい灰色の空気に満ちていた。いや、冷たいというよりは憎しみが籠っている空気だった。それから、毛羽だったような薔薇色の丸い雲が浮かんだ。昼間は、あるときは光り輝き、輪舞する電柱の下で野原は緑色になった。かと思いきや霧が立ち込めて樹々の見分けがつかなくなり、陽は光のない空で虚しく輝いた。食事班の連中は、てんでに「一番いい道を知ってる」と言っては、それぞれの方へ帰って行った。とはいえ砲弾が開けた穴の前で一緒になった。そこには馬の死骸があった。その張りつめた皮膚は薄く、灰色をして、蜘蛛の巣よりももっと透明になっていた。それから、石切場の真ん中で十字架を見渡し、「新しいのがあるかどうか」確かめようとした。そして、そのときなのだ、ぼくがグランツの死を知ったのは。驚きと、そして、あとで後悔したのだが、重大な出来事の知らせがもたらすあの一種の満足感をもって。

のちに、グランツがいないといかに寂しいか気づき、それによって被った喪失がどのようなものであるかを思い知らされたのだった。もしグランツがいたらこう言うだろう、という風に考えたのではなかった。そうではなくて、しばしば思わずその姿を捜してしまうのだった。ぼくの脳裏に殊に焼きついていたのは、巻き毛になって光っている髪そして歯、どことなくジプシーのようなその風采だ。たしかに優男ではあったが、不必要なだけの底意地の悪さなどとは無縁で、ぼくらにとってあいつは優美さであり良き趣味であり塹壕での女性的なものとの触れ合いだった。

シエーヴルがその日のうちに知らせを聞いて夕方やって来たが、激怒していた。

「おれを行かせてくれよ、塹壕から三十メートルのところ、鉄線を張りによ。いやまったく、隊長はどこでも同じだ。兵の命をつかって偉業を為そうとするのさ」

「グランツは志願して行ったんだ」とブランシェが答える。

平時なら友の死が喚び起こさずにはいないであろう素朴な、取り返しのつかない悲しみの情、そんなものは間違いなくぼくらの誰も覚えていなかった。おそらくは、ついに本物の危険な戦争に突入したのだという印象と、期待が満たされたという無意識裡の歓びがあった。あるいは、より心中密かには、ひとつの死の機会が去った、それは自分の死ではなかった、とぼくらは漠然と感じていた。

しかしいっそう確かに、ぼくは苛立ちと恨みを覚えていた。生へのかつての尊敬の念と生者への愛着に対して。また、ぼくらを騙したその他の様々な感情に対して。というのも、それらの感情は十分ではなく、戦争が起こらねばならなかったのだから。その結果、これまでの絆が稀薄なものに感じられ、戦争はぼくらにとっては一種の少年時代なのだった。

2

ぼくらはグランツの復讐をする決意を固めていた。何とぼくは真剣に見張りを務めたことか。初めのうち、銃眼からは泥や針金あるいは甜菜《テンサイ》が見えるだけだった。それで目印となる灌木か石を捜していた。

するとどこかから砂煙が上がった。すぐさまぼくは全神経を集中してその地点を睨んだ。そして長い間、狙いをつけていた。またあるものが姿を現した。シャベルか、誰かが投げた土か、それとも人間の頭か。ぼくは撃つ。あとは何も分からない。

ある日、ドイツ軍の塹壕に穴が一つ空いているのに気がついた。ぼくらの塹壕に近づいていた所だ。そこから見える土は明るい色をしているようだった。それが暗くなって塞がれたときは、兵士がこちらを見ているのだと分かった。ぼくは撃った。一本の腕が地面の上に挙がり、右から左へと三度揺れ動いた。

しかし、その日ぼくらの部隊では二人が殺された。

先に逝ったのはベラールだ。自業自得だった。真っ昼間だというのに、死んだ者の背嚢を取りに塹壕から飛び出していったのだ。レーマンの方は、溝が一番浅くなっている曲がり角でだった。交代を終えようとしていたとき、数秒間、頭が胸壁から出てしまったのだ。こめかみに弾を受け、倒れて、まもなく顔面が黄ばんだ。

レーマンの奴は奇妙な形でぼくらに合流したのだった。それまでサン＝ドニで補助兵士だったが、ヘルニアを患い、週六日は営倉にいた。というのも、七日目に脱走するのだが、脱走兵として届けられる前に戻ってくるからだった。おそらく前線に出ようと心を決めたのだ。だから志願兵も同然で、一気に皆の尊敬を取り戻した。しかし内気さからか、あるいは誠実な感情につけ入りたくはなかったからか、営倉を逃げ出して銃を盗み、分隊の鍋までも掠めて、そしてブルジェで分遣隊に合流したのだ。いったん中隊に入ると、そのまま留まって、とくに勇敢というのでも臆病というのでもなかった。

鑞引き布でできたケープを羽織って水夫のように見える体を、裏の土手に横たえた。土気色をして表情がなく、あたかも全身が顔に逆流してしまったかのようにむくんでいる。このように分厚い肉となったのを見ると驚くばかりだ。かつては不器用さと不安を連想させたのに。

三人は、皆にとって突然死んだわけではなかった。数週間経っても、需品係は彼ら宛の手紙を受け取ったからだ。グランツの場合は上質の紙に名前が書かれていて、それがすでに遺憾の思いと心配を湛えているようだった。彼の死が最初だったので、続いた死を指揮し、また代表しているようにぼくらには思えた。いずれにせよ、彼らは間違いなく死んだのだというその確かさは、ぼくらが敵に加えていた打撃とは裏腹に、ある気詰まりと、そして失意の感情というよりはその観念をぼくらにもたらした。戦争に関して、まずその好ましからざる側面をぼくらは経験せざるを得なかったようだ。

結局のところ、グランツはおそらく流れ弾によってやられたのだとドリユが言い始めた。そうでなければ、ドイツ兵は自分とトルロンをあらためて狙い撃ったはずだというのだ。

レーマンが殺されて五日後に、ルサージュという同じ部隊の知らない奴が、肩に銃弾を受け運ばれて行った。そうしてぼくらは本当のグランツの物語を知ることになった。


カロニスはまる一週間、トラスィ＝ル＝モンに留まった。そして今晩やっと戻ったのだが、兎を一匹、持ち帰った。ドリユがすぐに鍋と油を取りに行く。

「畑の中を追いかけて、棍棒の一撃で叩き殺したのさ……」

ドリユは火の前で跪いたまま、答えない。するとカロニスは法螺を吹くのを止めて、

「丘の下の農場で買ったのさ。一昨日だったらだめだった」

「どうして？」

「二フランで売ってくれたよ。高くないだろ。帰ろうとすると、管理人の娘が『兎をとっておいたのはご主人のためなのよ』と言ってきた。そりゃそうだろうさ。兎を肥やして、いつになったらあの人は戻ってくるのかなぁ、と思うわけさ。ところが、昨日になって、殺されたのを知ったのさ。名前は忘れたが、言ってくれれば思い出すよ。二十二歳の若妻で子供もいる。こりゃ、きついぜ。とにかく、もう兎はいらなくなったのさ」

「中隊でばらされたのは三人だったが、さきほどまた一人やられたということか」とドリユが言う。

「家のことはわからないが、おれはグランツがあんなにきれいにやられるのを見たとき、思ったよ、よくない気配がするとね」

「グランツのことは」とドリユが厳粛に言う、「話しちゃいけないよ。じつはやったのはぼくらだ。プーリルなんだ、第三小隊の。斥候が出て行くと聞いてなくて、ドイツ兵だと思ったんだ」

「えっ！」とカロニスが言う、「でも敵と戦って死んだことに変わりはないさ」

（それはグランツが以前、口にした言葉だった。）そしてしばし考えて、

「とにかく、腕が立つのはぼくらにもいるということだ」

　ぼくも同じことを考えたのだった。こうして、グランツの二度目の死も、一度目同様、ぼくらを動揺させはしなかった。そうではなくて、彼の人柄からは想像できないその残忍さが、ぼくらをいっそう今のこの生に根づかせることとなったのだ。

ポリオの力

1

猫背でせむしのように見えるポリオが、泥の中に突っ込み、また跳び出る。手入れの悪い綿毛のような顎髭にまで撥ね返りが付いている。「なんたる光景だ」と若い中尉が言う。

連結壕の曲がり角で、昨夜ドイツ軍から奪い取った小さな森が一瞬、目に入った。いまや腰の高さに有刺鉄線が張られている。

さて、分隊の最初の数人がゆっくりとトンネルに入って行く。ぼくらはその場で足踏みだ。するとポリオがこちらを振り返って、

「聞いたか。口にすべきことじゃないぜ」

甜菜の茎と葉が土手から垂れ下がっている、植木鉢にでも植えられているかのように。それを最後に目にして、ぼくは洞穴の暗闇の中へ降りてゆく。

下士官が、騾馬が立ち止まっている石切場まで弾を取りにシェーズとギャラスを遣る。ブランシェはテントの布四枚を地面に拡げている。支柱の回りで小隊を統率する軍曹たちの灯す遠くの光で、ぼ

くらには十分だ。早くも、石や藁を敷きつめる男たちの音が聞こえる。（ポリオがぼくの席をとっておいてくれるはずだ。）でき上がるまでの時間、ぼくは右往左往するばかりだ。それにしても何と大きな洞穴だ。綱を張った向こう側にはアルジェリア砲兵隊が露営している。その綱を跨ぎ越そうとすると、歩哨が腕を伸ばして、

「そこの歩兵、あっちへ行け、いいな」

通路はここで上り勾配になって明るさを増す。柱は苔むしている。四角い開口部は窓らしい形になっているが、しかし濃い霧が近くの樹々の前に立ち込め、ぼくらを護る恰好だ。パンが届くようだ。白い息を吐いている荷物を持った大きな人影が遠くに見えたのだ。シェーズが背嚢をひっくり返しやがった。これで泥にまみれた弾も分け合わねばならない。それが済んで、「皆の者、パンだ！」と叫びながら一通り洞穴を巡り終えてから、ぼくはポリオを捜しに行く。

銃剣を地面に突き刺して、まず弾薬盒が三個ぶら下がっている吊り紐をその鍔に、それから水を振りまいてばかりいる水筒をそのベルトに、それぞれ掛けねばならない。そして握りの上に蝋を数滴垂らし、蝋燭を据えつける。が、どうしてもぐらつく。

あとは背嚢に頭を乗せればいい。塹壕の中よりはよく眠れるだろう、脚を伸ばせるのだから。しかしこんなにすきま風があっては夜は寒いだろう。

「小包をひとつ受け取ったよ」とポリオが言う、「手紙も二通もらった。読んでくれなくちゃ困るよ。一通は妻からだ」

よし。まずは子供の話だ。

……そして歩いてます、娘たちは。あなたの従姉妹が会いに来たときには、花籠のところまで送って行くのですよ。

……お客さんは多くありません。しかもそれがおばあさんのときは、いつも値段のことで言い争いになるのですよ。でも、わたしたちのことは心配なさらないで。家はあるし、元気ですから。この手紙を手にするあなたも元気でありますように。でも、あなた方はカラク船のようね。じゃ、大いに張り切ってね。

読み終えると、

「もう一通はあした読んでくれ。誰からなのか分からないんだが。あまり貰わないんだ、手紙は」

小包の中にはマフラーときれいに繕った靴下、マッチ、葡萄の絞り滓で一杯の香水瓶などがある。そして残りのスペースには干した胡桃《くるみ》が詰まっている。

「包みを拵えるのが好きなんだ」とポリオ。

こうした心配りすべてをぼくの前で手にしているのが、恥ずかしいかのようだ。

「決まってるさ」とギャラスが言う、「女たちはそうしたことをみんな気晴らしのためにするんだ。病院でおれを世話していたのが言ってたよ、『たいへんだったでしょうね！ すばらしいわ』なんてね。関係ないだろうが」

ドリユが、「まずそこから始めるのがいるんだ、女とか、小娘とかね。爆撃の間、トラスィに残っていたのが二十人いたよ。穴の中で互いに身を寄せ合ってね。あとで彼女たちに死人を埋めさせたのだが、あれほど哀れなことはなかったよ」

するとティールマンが、「それじゃ、ぼくらは不満を言えた義理じゃないな。ああ、なんてことだ！食い物に関しちゃ恵まれてるよ」

とはいえティールマンは、ぶつぶつこぼしてはいるが良い兵士だ。戦うのが好きなのだが、それでいて平時には、ほかの誰よりもおどけた振舞いを心得てもいた。そもそも職業軍人だ。しかし今度の戦争は開始がまずかった。四十日間の休暇をもらったところだったのだ。人はこういうことは忘れないものだ。

腹いせに、彼は家に手紙を書くなど決してしない。年寄りたちが、「……おそらくおまえは死んではいないのだということさえ、わしらにはわからない」などと頼んでくると、「ははーん」と彼は言う、「おれのような男を失うのが怖いんだな」

彼はまたこの次はもっとましだろうとも考えている。しかしぼくらは、ポリオよ、これが一回きりの戦争だ。

2

今は夕方の五時だ。しかし、明日の朝まで、また寝たりお喋りしたりするほかにすることもない。つまり、こうして戦争の入口に留まっているばかりだ。

「それで、何だな」とカロニスが言う、「ヴィルジルと一緒に村に着いたとき、また重砲弾がすぐ傍

で炸裂したんだ。そこで独りごちた、『いくらなんでも間違ってはいけないだろう』ってね」。すると
ポリオが目を覚まして、体験した最初の戦いのことを語る気になった。
「その晩、万霊節のミサに行きたい者は誰かと訊いてくるんだ。神掛けて、適当なことを考えている
だけなんだが、しかし、死人が問題となるとねぇ……、おれは行くと言ったのさ。すると翌朝、四時
起床。より早くミサに行くためだ、と思ったさ。家の中は、火はあったし、快適だった。道に出され
て、十五分のあいだ歩く、それから『隊形を整えろ』。待つ、『火の傍に置いといてくれてもよかった
のに』と独りごちながらね。大隊全員がいるのが分かった。一緒に行くということなのだろう。再出
発して、歩きに歩く。『かがめ！　その辺りに！』雨が降り始めたときにはほんとにびっくりしたよ、
銃弾の雨がね」
　ポリオは急に話をやめ、去って行く。それだけだ。隊長が間違えたのだとか、罠にかかったのだと
か、そういう考えは彼の頭に浮かんでこない。それより、ひとが戦争をし、殺し合っていることに驚
いているのだ。
　ヴィルジルが、「店に入ったとき、ちゃんと手を差し出したんだ。でも彼女はいやがった。言うに
は、おれは幼すぎるんだと。あんなに抵抗されたことはこれまで一度もなかったよ」
　するとノルマンが、「おれは、モロッコのときと同じだ。一年乗ってないよ」
　ヴィルジルがこちらを振り向く。
「せめてポリオの女がいればなぁ。覚えているかい、アルジェでのこと」
　どうしてポリオはこんな風に言われて平気でいられるのだろうか。彼の平時の生活振りを、戦時と

同じように予期せぬ出来事に見舞われつつも清貧のうちに暮らしている様子を、にわかに思い描いてみる。つまるところ、ひとが働き、結婚し、生きていることに、そしてヴィルジルのいう「ほかより醜いわけではない」女を自分だけのものにしていることに、彼は驚いていないだろうか。

　ひとりの男とどんなに長く、しかも差し向かいで語り合おうとも、その男の強さや弱さについては、第三者が話しかけてくるこうしたちょっとした言葉ほどには教えてくれないものだ。

　トルロンが、「歩いたよ、怒りの涙で泣きながらね。つまり泣きたいところだった。腹に何も入ってないとき何に涙することができるかってんだ」

　ティールマンの方は、「ちゃんとした服装だったらなぁ、せめて。政府がくれたゲートルじゃ、まるでレバーペーストだぜ」

　ポリオは、いつになったらこうした不平を並べる気になるほど、戦争を受け容れられるだろうか。しかし、やたら賞賛するほかに彼には手だてがないのだ。ティールマンが突如、棍棒を振りながら小柄なル・コズの後を追いかけて駆けずり回り始める。すると相手はわざと転んで、起き上がらない。そこでティールマンは地面に身を投げて、その上に乗る。

　ノルマンが、「河は、あの辺りを遡っているんだ」

「海に流れてゆくのさ」

「じゃ、海は？」

　チュルケが出し抜けに言う、

「うちのを見てみろよ。四十三になるんだが、また一人産んだところさ」

彼らの周りはうす暗い洞穴があるばかりだ。蝋燭の傍は明るいが。鼠色の毛布にくるまって眠る男たちを、埃と言葉の靄が取り巻いている。ロゾーは地図を持ち上げ、肌の黄色いフェレールは身を屈めて斜めから炎でパイプに火をつける。最後の蝋燭の火が消えると、久しく経験しなかった真の闇だ。

(夜の塹壕は、思いのほか人間的で、決して漆黒ではない。)

3

カロニスが、「幸運だったのが一人いるよ、バロン伍長だ。戦争で使える金が腹帯いっぱいあったのさ。ボルドーにいるとき、こう独りごちていた、『しょうがない、変なまねしてやれ』ってね。あとには三十フランも残ってなかったよ。そして最初の弾でやられたってわけさ」

トルロンが、「ベラールは違うぜ。全部とっておいたんだが、それを盗まれた」

死んだ者たちのことを、このように、悪気はないものの皮肉たっぷりに話すのだった。あたかも今しがた立ち去った者のことを、その場に残った男二人が語り合うように。

「馬鹿げてないか」とティールマン、「いつも一時間早くぼくらを起こすなんて」

「ほんとに時間があるな。じゃ、もう一通の手紙、あれを読んでおくれ、どうせなら」

ポリオはポケットから、しわくちゃになったその手紙を取り出す。明らかに警戒している。おそらく同じようなのを以前にも貰ったことがあるのだ。


ポリオさま、このことをあなたに書き送るのはあなたの友の一人です。というのも、言わずにはおれないのです、あなたがフランスのために戦っている間に、あなたの妻は楽しい時を過ごしていることを。喫茶店「城塞にて」のボーイが相手です。そのボーイは、毎朝、昨夜は二人でこれをした、あれをしたって、おれらに話さなくちゃいられないというわけです。そもそも、ご存じだと思いますが、ポリオ様、以前、あなたが出発しなければならなかった頃、髪が褐色の背の低い伍長ともこうだったのです……

「そりゃ」と、ポリオがぼくに言う、「バロン伍長のことだよ、さきほど話に出てた。でもそのほかはほんとじゃない。あれ以来そういうことはなかった。ちゃんと知ってるよ、天地神明に誓って、あれはそのことをおれに約束したんだ、最後の日にね。そしてあれは約束したときには……」

声高だが、ぼくに対して誇りを示したいのだとしても、ヴィルジルにも聞いて欲しいのだ。

出発の日、二人の幼い娘の命に懸けてそう誓ってくれたのだ。そしてポリオはそれを受け容れることができた。約束してもらい、そしてその約束を守ってもらうに足るだけの者として、自らを心得ている。こうしてぼくは、戦争に由来する彼のこの思いがけぬ力に気づき、賞賛するのだ。（しかしながら彼はさほど巧みでも勇敢でもないはずだ。）この戦争はポリオのためにあるのだということを、あるいは生きることへの信頼と興味を失いかけた彼に似た何者かのためにあるのだということを、ぼくは心に思うのだった。あたかも、内気ゆえか無関心ゆえか、愛というものをよそでは見出し得なかった者に娼家が許し与えるように、戦争はあの生と死の粗野な力を授けるのだ。そしてその力を一度手にしたことをひとは忘れはしないものだ。ポリオは、こののち何を恐れることがあろうか。自分が殺した者に似た男たち、殺したかもしれぬ男たちの何を。他の出来事より強烈な、とはいえ同質でいわばその拡大した姿である戦争を通して、彼はその他の習慣を身につけて行くだろう。

崩れ落ちる防空壕

1

宵闇が下りると、カロニス伍長が突如叫ぶ、

「進め！」

そして胸壁を跳び越え、落ち葉に降り立つ音が聞こえる。すぐさまレシアとフェレールが、黙って続く。ぼくも後を追い、走る。樹が絡みつく。壕に跳び降りると、そこに彼らがいた。

「詰所を取り払った」と彼らが言う。

ドイツ兵がふたり息絶え、通路を塞いでいる。もう一人がレシアに体当たりを浴びせて逃げた。レシアの唇からは血が出ている。だがカロニスが銃剣のひと突きを喰らった。

この一件は重きを置かれなかった、ぼくの心の中においても、実際にも。とはいえ、彼に代わる者を選ばねばならず、ぼくが指名された。

ぼくにはおそらく伍長に任命されるだけのものがあったのだろうが、しかしその理由を訊かれれば自分では説明に窮するだろう。いかなる義務にも収まらない自由を何よりも感じており、生活の中の真に軍隊的な部分にはほとんど興味を惹かれていなかったのだ。ひたむきに努めた、それが言いうるすべてだ。

退避壕と食事はドリユ伍長と一緒だった。

ドリユは、体つきはずんぐりしているが目鼻立ちは端正で、赤ら顔ながら髪はきちんと櫛を入れてある。そういうわけで、俗っぽくもあり、今夕は田舎紳士という風だ。その周囲の男たちは、灰色の顔をして、手を火にかざしている。雨が降っている、中にいてもだ。屋根となっている多くの枝の下に張られた布を、溜まった雨が一気に破って、落ちてくるからだ。

夜が更けて、銘々、自分の小屋に戻る。ブランシェが懐かしい。ドリユがぼくを歓迎しなかったというわけではない。彼の自信に満ちた態度、それにぼくよりも上であるという確信が、邪魔なのだ。ぼくは、彼の前で、より広範な知識をもっているがゆえに小さくなっていた。教養のある人間になぜ優位を認めるものなのか、ぼくには分からない。そうした人たちが得る教訓からは、いかなる自信も奪われてしまうという状況こそが真っ先に生じることなのに。おそらく、身に迫る危険を察して、それを避けようと誰よりも必死に教養から抜け出るからだ。（徒刑場にいた過去が知られているなど訳ありの人たちにも同様のことが見られる。慎ましくないのであるから、他の人間たちよりいっそう図々しくあらねばならないのだ。）

ブランシェが偵察に随いて行ってやると言ってくれた。また、夜、一緒に有刺鉄線を張りに行ったものだった。

2

愛着や嫌悪という感情は背景に退き、戦争によって個々人の力の強弱の認識に従属させられたようだった。これは確かな認識であって、やっと辿り着いたように感じた新しい秩序に大いなる単純さを与えてもいた。

ドリユはあまり話しかけてこなかったが、ブランシェに対するぼくの友情を認めていないのは明らかだった。ところが彼は、同じ頃、ぼくに対してかなり大きな影響力をもつに至ったのだ。たしかにその知性ゆえではなかった。その強い意志ゆえでもなかった。そうではなく、彼には事情に通じ、状況に応じた一種独特のやり方があり、それがぼくに強い印象を与えたのだ。

たとえば、退避壕で腰掛けて銃を磨くのに忙しくしていたときだ。両脚は外に出て小径の方へ垂れ下がっていた。何が不足なのか、少量のラム酒か悪い知らせか、それとも数人して力を合わせて働くことなのかよく分からない、そんな朝がある。弾みをもらえず、その日はまだ生きるために出発してないのだ。そんな感じでぼくは、自分のしていることが、またほかのどんな事柄も、上の空になっていた。まさにそのことに、突然、あの言葉が気づかせてくれたのだ。ドリユが傍に立って、こう言ったのだ、

「おい、どうした？　おふくろのことでも考えてんのか」

彼が戻ってきたのは、時間内に柵を三十個結わねばならないからだったが、その明解な言葉の向こう側に、ぼくはかなり大きな力を感じていた。ところが、すぐに心を立て直して、落ち着きを取り戻すことはできないのだった。いや、ぎこちない姿勢でいたため、体を立て直すことさえも。

ブランシェの具合が悪くなった。膝が腫れて、痛むのだ。行軍の間、ぼくは彼の傍をほとんど離れなかった。ぼくに寄りかかっていたからだ。一度、中隊の近くに数発の砲弾が落ちたことがあった。皆は防空壕へ逃げたが、ぼくらだけその場に晒されていた。

彼をアルコールでマッサージしなければならなかったある晩、近くに留まろうと思い、ジュール＝シャルルの退避壕に行って寝たことがあった。ドリユは、もう一人の伍長ボーフレールにぼくを呼びに来させた。チョッキに光るボタンをずらりと付けて、歌い、言うことすべてに「マリー」と添える、陽気な若者だ。戻るつもりはないと答えると、くるりと背を向けて、

「よし分かった、マリー」

そういうわけで、ぼくはジュール＝シャルルの傍で寝た。すると彼が夜中に腹痛を起こしたのだ。そして呻きながら、立ち上がろうとして長い脚でぼくの額を蹴りそうになった。その後数日間、ドリユはぼくのことを恨んでいる風は見せなかった。ぼくが気づいたことは、ただ、彼が下す判断がどんなに厳しいものであったかということだけだ。たとえば、

「カルルポンで戦っていたとき、樹の蔭に隠れていた奴らをおれは知ってるぞ」と言って、そして

「名指すわけではないが、ヴィルジルとデュビュックだ。あいつらには何度でも言うぞ」

ブランシェの具合がよくなったとき、ぼくはまたドリユと付き合いだした。彼はぼくに対して同じ影響力を保っていた。それゆえ、二人の間に必要不可欠な話題などなかったので、たいていは何が彼の興味を惹き満足させるのかと捜し求めていた。彼に抵抗したという初めの頃の矜持はといえば、ときおり、弱まってはいたがその歓びを味わった。そしてぼくはあの感覚を覚えたのだった。様々な思いに身を任せていたとき、殊に気に入っていた思いを図らずも見失い、困惑するもののその原因も分からず、ただその歓びの思いが少しずつ失せてゆくのを覚えるばかりというあの感覚を。

総攻撃が準備されつつあるという噂が広まった。「決まったよ」とドリユがぼくに言った、「火曜の朝に」。月曜の晩、前線の塹壕に戻る前に分隊の銃の視察を受けた。

ドリユは興奮していた。大声で話し、笑った。しかし、じつに穏やかな口調になって、ブランシェがいないことをぼくに指摘した。

ぼくもそのことに気づき、苛立っていたのだった。ブランシェは何か雑役のためにトラスィに出発したのだった。もし帰ってこないなら、それはぼくらの友情に悖《もと》ることのように思えた。ぼくは答えた、

「しかし訪問ノートにも記載してもらってない。痛い目に会わせてやる、あまりにも安易だ」

ブランシェはトラスィで具合が悪くなったのかもしれない、とすぐに反省した。そして同時に、ドリユに取り入ろうとして慌てて喋っていたことを認めたのだった。

3

夜、白亜の通路が月の光に映える。冷たい風が塹壕を吹き抜けて行く。ときおり、「担架を頼む」という負傷兵の叫びが響く。それがあまりにも大きな声なので、ぼくらは罠に違いないと思う。土嚢を新たに積ませ、銃眼を作らせる。棄てられて霧氷に被われた外套が、通路の隅で丸まっている。地面にひれ伏して泣いている女の子のようだ。

十一時頃、ドリユが今夜の指令をぼくらに伝えてくる。攻撃用の溝を掘ること、そしてとりわけ誰も寝てはならないということだ。トルロンは赤ら顔をして内心ほくそ笑んでいるが、ドイツ兵が土手を越えて跳びかかってくる図を想像しているのだ。両手に丸い手榴弾を握りしめて、大声を出せない気詰まりから体を揺すっている。

それにしても穏やかな夜だ。あるとき、二人の男が左側を塹壕の前方へ匍匐前進して来るのをフェレールが展望鏡に認めたと思った以外は。ぼくは隣の分隊に知らせに走った。だが戻るとき、崩れたばかりの土砂の堆積にぶつかり、危うく転びそうになった。ところで、のろのろと立ち上がり、防空壕の残骸から出てくるあの男、あれはドリユだ。

そして「眠っていたのではない」と言ったのだ。

彼が眠ってはいなかったということ、それは本当だろう。が、彼は自分の無実を断言しておかなければならないと感じていたのだ、それもこのぼくに。一方、ぼくらが目にしていたことを説明すると、それに返答してきた。こうした会話が孕んでいる勝利を、ぼくはじつに緩やかに感じ取って行った。夜が、そして朝が、攻撃に出ることもなく過ぎ去っていった。ドリユは、今日は自信を取り戻すことができている。彼はいまやぼくより下の存在だ。ぼくはまさにその自信を利用するつもりだ。

ブランシェには次の日にやっとトラスィで再会できた。膝がまた腫れて、病舎に数日間入らなければならないそうだ。そして、「ぼくが来なかったことに不満だったらしいが、これだから来れなかったんだ」と言って、具合の悪い膝をポキポキ鳴らした。

つまり、誰かが、ぼくがドリユに言った事を彼に伝えたのだ。なんとぼくは弱く、軽々しかったことか。だから復讐を果たした歓びをいっそう強く感じもする。しかし、こうしてぼくがブランシェに相応しい存在となったこの瞬間に、彼の友情は終わりを告げたのではなかろうか。

こうした不安に心が揺れていたときに、一方でぼくは、しっかりと繋がれ、安定している自分を感じていた。ぼくをこの地とこれら冒険に根づかせる、なかば無意識の生が始まったのはこのときなのだ。それだけに、対比的に、その生を律していた秩序を強く感じていた。初めて女をものにした男は、同じようにして、心のうちに新たな生を認めるものだ。そして、自分が完全にはその新たな生の支配者でも発明者でもないことを知って、驚く。

負傷兵たちが戻ってくる

1

第五、第七それに第八中隊が、トラスィでぼくらと同じブロックに宿営していた。それでぼくらは一緒に警備に当たり、またトランプなどをして遊んでいた。士官たちの深刻な表情や辺りの雰囲気で、攻撃が間近に迫っていることを確信していた。ドリュが歌った、「奴らはおれのヴァイオリンを潰した、なぜならおれがフランス人魂をもっているからだ」。だがぼくらが好んだのは、「あれはおまえに向いた女ではない、宝石を持っているし……」の方で、それをみんなで合唱した。しかし目を覚ましたときには真剣で、ときに眼前に深淵が広がっているように感じた。

「始める前に怖じ気づいてはいけない」とポリオが説明して言う、「しかし、あとで、終わってから、おれはいつも『どうだ！　これがおまえが経験したことだ。おまえはこれを間近で見たんだ、ちょうどお袋からの手紙を読むように』と独りごちるのさ」

「結局、死ぬかもしれないってこと、それだけさ」

普段はそう思うと他のことを考えられなくなるものだが、このときは、そこに何かしら満足の行くものがあった。

シエーヴルのことを思うと辛かった。彼は戻れないことを確信していて、「始まり方が悪かった」と断じていたのだ。自尊心というものがなかったら、病人ということで通していただろう。

彼を元気づけるのには苦労した。向こうの端では第八中隊の伍長が大勝負になる、生涯最高の日に差しかかっている、などと叫んでいる。この誇張はシエーヴルのと同類だが、気に入らなかった。それらはともに戦争を問題視しているからだ。

ぼくにとっては事態はそれほど単純ではなかった。ぼくは徐々に正しいと思える態度を見出すに至ったのだ。

七時に出発の指令が第七中隊に下った。通りに出て行く。と同時に、頭上で一斉砲撃が始まった。教会広場に閃光が走るのが見える。それは広場というよりは、教会に気遣って少し幅広になった街路であるにすぎない。騎乗した者がひとりギャロップで通り過ぎる。街路は再びひっそりとなる。木靴を履いて、歩き辛そうな女の子が一人、手紙を二通持って横切る。

空には飛行機が三機。そのうちの一機は素早く飛び去って行く。後には丸い雲がいくつか広がり、しばし消えない。移送の車輌五台とパン、肉、それに石炭が到着する。軍曹が呼びかける、「丸パン三十個！　丸パン五十個！」

「きれいだ！」と歩兵が叫ぶ。泥水に漏らした白い油のことだ。

北側で一斉射撃の音。上にあがってみる。しかし穀物倉の窓からは、丘が、それから赤い土に生える三本の樹の幹が、見えるだけだ。雨が降っている。すると狙撃兵がひとり、街路を上って行く。喉が血に濡れている。腰を折り両手をポケットに突っ込んで、歩きながら鼻歌を唄っている。「すごく痛いの？」と、街路に下りてきた縁なし帽の老婦人が訊いているようだ。

　ぼくらは叫ぶ、

「今朝か？」

「そうだ」

2

　一斉砲撃が三時頃また始まった。それがぼくらの出撃の合図となった。そして整列しようとしていたまさにそのとき、歩兵に連れられたドイツ兵捕虜二人が、肥って立派な身なりだったが、大佐の部署へと向かう小路を上っていった。とっさに、すべてがうまく行っていることを確信した。ぼくらが覚えていたのは、正確に言えば歓びではなく、重圧となっていた拘束が解かれたという感覚だった。

　負傷兵たちが路上帰って来て、ぼくらと行き違った。そのうちの一人は、頭を後ろにのけ反らせ、背筋を伸ばして、そして顔には苦痛と同時に安らぎの色を浮かべている。両の手は青い帯の下に差し込まれていたが、おそらく腹を押さえているに違いなかった。

　しかしぼくらは渇望と感謝の念が奇妙に入り混じった感動とともに前進していた。塹壕での暮らしと無益な勤勉さが終わるように思えた。かつての戦争のイメージが蘇ってきていた。小径、夕べの落葉を踏みしだいての行軍、そして頭上を唸る砲弾の音。ぼくらはこうして正常に戻る気がしていた。街道がじつに美しい表情を湛えていた。

茂みの中の近道を辿った。最初の停止命令で歩みをとめると、眼前に、樫の木に凭れて負傷兵がいる。傍には水の入ったバケツがある。

「コップを準備しておくように」との指令が伝えられていた。

「ラム酒なら」と言ったものだった、「大荒れになるぞ。茶なら、まだうまく行ってるんだ」

結局なにも来なかった。それでバケツの水を飲んだ。怪我人はといえば、太股に流れ弾を喰らっていたのだ。ぼくらに「わが中隊に劣らぬ良い仕事をするように」と幸運を祈ってくれた。さらに二時間の行軍。そして夜の帳が降りる。すると道に迷ってしまったような心持ちになる。が、やっと、峡谷の反対側に、あばら屋からなるあの集落を発見する。そこでは狙撃兵たちがうずくまって、火に体を暖めている。ひとりの金銀細工師が、屈んで、手の込んだ細工をしているらしい。ブレスレットや黄金色の肩が見えるが、それは女性の像ではないだろうか。そうこうするうち窪みを横切らねばならず、そしてドリユが泥沼に落ちた。

宿営せよとの指令を受ける。ぼくは蝋燭を手に火の気のない退避壕を見て回る。最初の小屋に、頬に血の染みのついた歩兵がいたが、言うことはただ、

「痛いんだ」

「どこが痛むんだ」

「いや」

「おまえの中隊はどこだ」

「いや」

蓬々たる口髭で、荒々しい感じがする。

その隣は大きく、じめじめしていない。そこに入ることにした。ドリユは外套についた泥を、小さな染みさえも、ナイフで掻き落とす。ブランシェは右に左に藁屑を掻っ攫おうとしている。他の者は食べるか眠り込むか、どちらかだ。


若木が、砲弾でその幹が粉々にされ、高い枝が隣の樹に支えられているほかは何本かの繊維の力だけで立っている。森のはずれはすぐそこ、三十メートルほど先だ。街道を、負傷兵がゆっくりとトラスィの方へ向かっている。担架が来るのを待ちながら、低い声で呻いている者もいる。

彼らから、わが軍が塹壕を二本、奪い取っていたことを知った。そのほかのことに関しては、話がそれぞれ食い違っていた。ただ、そのいずれにおいても、話し振りの確信と厳粛さが心に残った。背の高い軍曹がフランス領の片隅をたった一人で奪い返したと話していた。違う状況ならば表明するのも滑稽だと感じられたはずの祖国愛が、いまは相応しく思えた。「……で、第八中隊の背の高い准尉、知ってるだろう、あの勲章を三つ持っていた准尉だが、やられた。最初に出て行ったんだ、後に随いて行った者たちは追いつけなかったのさ。ああ！　惜しいことをした！」

突然、シエーヴルを目にして、ぼくは驚いた。担架を担いでいた二人が溝の脇に下ろしたのは彼だったのだ。膝の下に染みのついた布を巻いていた。おそらく脚を持って行かれてしまっていた。毛布の下、ふくらはぎがあるはずのところに何も見分けられないのだ。ぼくは、何も訊かずに言う、

「でも顔色は悪くないいじゃないいか」

「そうさ！　まだ冗談が言えるぜ」

しばしあって、首を少し回し、ぼくだと認めた。

「しょうがないじゃないか、なぁ、やらねばならぬことはやらねばならないのだよ」

戻ると、額を布で巻いたアラブ人狙撃兵が退避壕の傍で愚痴をこぼしていた。連れてきた者は中に入れてやりたいと思うのだが、怪我人は腰を折ることも頭を下げることもできず、こうして二人とも入口でぎこちなく立ったままだ。

3

負傷兵にとってその苦痛がもはや単なる偶発事なのではなく、全員に同じ刻印を残しており、しかもその人数が増していたという限りで、ぼくらが覚えていた感情は弱まり、不明瞭なものとなっていた。ついには、夕方同じ急ぎ足で、周囲に興味も示さずに工場から出てくる工員たちに、彼らは似てきてさえいた。

　一般に、病人が目に留まるのは、その病人が家族か友人のときだけだ。そのときには迷いはない。ところが今は素朴なや自己中心的ななどの言葉に対するのと同じことが起こっていたのだ。それらの言葉は、特定の場合にはよく理解できるのであるが、「で、この人はどうだろう、またあの人は？」と自問し始めるとその意味が掴めなくなり、ほとんど誰にでも適用できるように思われてくることになるのだが、ちょうどそれと同じように、準備ができていなかったぼくらの感情は不意を衝かれたのだ。

しかしながらそうした感情を補うべく、心の内には多くの想念と省察が準備されつつあった。そのことがよく分かったのは、攻撃が差し当たり中止され、ぼくらはここに留まることになったという知らせが伝えられて、それら想念と省察が一気に表面化したときだ。

ぼくの省察の出発点は、シエーヴルが自分の怪我を単純で当然のこととして受け容れるのに用いた言葉にあったように思われる。戦うための正当な理由があったということ、彼にとっては事態を頭に入れるためにまさにそのことが必要だったのだ。そしてあらためて思い起こしてみれば、負傷した者銘々の表情に「おれこそ真の戦士ではなかろうか」と言っているように見える自尊心を見分けられるように思った。こうした男たちはすべてを認めることができた。自分たちが負傷したのは間違いを犯したからだということ以外は。そこに、ぼくらが彼らに同情しようとはまず思わないことは由来していた。

十一時頃、戸口の陰から声がする、

「怪我人のための場所はあるか」

「もっと先だ、救護所は」

「じゃ、水はあるか」

「入れ」

片腕が垂れ下がっている年老いた男だ。袖と手に血がこびりついている。ラプイヤッドが水をくれ、フェレールが「アルジェの煙草」を口にくわえさせる。男が去ると、チュルケがフェレールに言う、

「あほめが。でも奴はおまえより幸せだぜ」

隣の塹壕の歌声

1

ぼくらはとうとう新しい塹壕に辿り着いたのだった。しかし何たる小径や藪を通って行ったことか！　またトンネルもくぐった。凍りかけている水溜まりも歩いた。

(道すがら、傍に三、四発の砲弾が落ちたのだった。昼間だったら機関銃で一掃されていただろうが、闇の中だと危険はさほど差し迫っては感じられず、いわば相応しいものとして受け容れられていた。夜というものは、攻撃も防御もせずただ耐えるだけの危険に似つかわしい。本来の危険性に戻されたかのようだ。)

ぼくらはもはや雪が降っているのを感じてはいなかった。塹壕が混乱したままなのは、奪取したのが昨夜のことだったからだ。ところで胸壁の前のあれらの死人はドイツ兵だろうか、それとも味方の兵士だろうか。手探りしながら、そう自らに問いかける。それから足下の土を掘ったり銃眼を開けたりし始める。奇妙な枝葉が振り懸かってくる。今日はクリスマス・イヴだ。

フェレールは、ぼくらの足許で死人がふたり長椅子に寄りかかっていることに気づかない。しかしぼくは、確かめようと、そのごつごつした手に触れてみる。自分の痺れた手足を触るような感じだ。夜はまだ深い。

ドゥコックは哀れな執拗さでぼくらの間に留まっていた。片足を引きずり、絶えず呻きながら。苦痛に捕らえられる前は英雄のような存在だったそうだ。たった一人でドイツ軍の交通壕を奪い、機関銃を持ち帰ったことがあったからだ。ところが、砲弾の破片がその彼の頭を砕いた。運び去るにも及ばない。ぼくらはその知らせを口々に伝えてゆく。

地面すれすれに光がやって来て、銃弾が何発か、唸る。囁き声がはたと止む。

「誰もカッドゥールを見なかったか」と、しばらくあってドリユが訊く。「姿をくらましたことはこれまでにも二度あったが、どんな風にしてだったか思い出せないんだ」

そう言ったのだが、ぼくらに教えるためというのでもない。カッドゥールは数日来ぼくらを裏切っているのではと疑われていたのだ。

そのとき、死人が五人、突如丘の上に浮かび上がるのが目に入った。その姿が最初とても大きく見えたので、いったいそれが何なのか認識できなかった。（その大きさは、庭園の壁の上に偶然見かけたときの赤い月の大きさと同じ性質のものだ。）しかし、周囲の石や砲弾の穴と比較して、すぐに人間本来の大きさを取り戻させた。一様で淡く、泰然たる陽の光が射してきた。雪が馬鍬の上に積もっている。幾体かの死体の上にも。

後ろ側は、きのう塹壕を護った網が破られずに残っている広場になっている。四人の歩兵がそこに捕らえられている。彼らは、互いに体を寄せ合いながら、有刺鉄線を頭や腕から外して額に巻きつけている。

しかしぼくらは、前方、敵とわが軍との間に倒れている死人たちにまた違った感情を覚えていた。率直に言うと、さほど好感が持てなかったのだ。成功を収められず無駄に死んだ者たちなのだ。「やり直さなければならない奴ら」というフェレールの言葉がそれを明確に言い表していた。ドイツ兵の死体も二、三あった。

軍曹が立ち寄り、繰り返す、

「警戒を怠るな。奴らが穴から出てきたら、全員塹壕の縁に腹這いになって、撃て」

しかしどこからやって来るというのか。辺りを見回し、不可視の敵兵に憎しみを向ける。敵の防御線を睨む眼差しと同様に確信のない憎しみを。

やがて、初めて敵軍の歌声が聞こえてきた。

2

頭上、枝に掛かっているのは人肉と衣類の断片だ。

「木の上のあばら肉が見えるか」

「ああ！　向かい側にいる奴らは、いったいおれたちの何が憎いんだろう、分かんねえ」

しかしぼくは、フェレールが三枚の絵はがきとバイユーのつづれ織を地面に置き眺めているのを目にして、感動する。彼に話しかけたい思いの何と強いことか。いや、それはもちろんしないが、彼が言うには一人の死人から集めたものだそうだ。束ねられた手紙と紫色の雑誌も。ところで、すべての死体よりもあの途切れた会話がぼくの心を捉えていた。後衛に下がってから偶々遭遇したこの偶然によって、ぼくは、戦争の内部へと突き入ったようだ。

それから一日が過ぎ行く。ぼくらはコンビーフを食べ、水筒からラム酒や冷たいコーヒーを飲んだ。まだ十分には渇きが癒えてなかったが、夜の間に横断した野原に小川が光り輝いているのが見えた。流れる水の優しさよ。

懶惰《らんだ》だが、しかし満ち足りた一日。心の奥底の、いつにない自信がその価値を納得させていた。

ポリオがぼくにナイフを貸してくれと言ってきた。それでポケットに手を入れようとして、自分の動作がとても緩慢なことに驚く。

仕事もしなければ話もほとんどしない。ぼくらがここにいることをドイツ兵に知られてはならないからだ。こうして、銘々がおのれ自身に返され、独りぼっちだ。ぼくはといえば、そのときのぼくのものの考え方を固有の特徴によって描写することは難しいだろう。ぼくの胸を衝いたのは、苦悩のような何らかの明確な感情を抱いているわけではなく、単に自分があらゆる外的なものから、殊に強調、微笑み、言葉のニュアンス等から切り離されて、それらとは別な次元に取り残され、まるで最も低い地点に落ちてしまったかのようなあのときに、それは似ていたということだ。そのとき避け得なかった考えは、いつまでも付き纏って記憶に残るものだ。

そうした状態に、今度は体や心の作用によってではなく、出来事の重みと力によって入って行くように思われた。

千切れた肉体や周囲の大地のこの悲惨な有様は、あまりにも完璧であったがゆえに、ついには不器用で、故意になされたことのように思えてきた。自国だというのに、水と居場所それに果物に事欠き――いずれも、そもそも大地には豊富にあるものなのに――古の死者たちのように自分の命という小さな分け前しか保てなかったということは、ほとんど真実とは思えなかった。たしかにぼくは自分がこうした貧困よりも優っているとは感じていなかった。しかしまさしくそうであるがゆえに、この貧しさは、ぼくを正当化してくれようとする事物の何らかの善意もしくは好意の結果であるように思えたのだ。たとえば、花瓶の縁がその中の水の水準まで低まるとしたら、そうであるように。

見えないドイツ軍の塹壕で歌声が再開したのは四時頃のことだ。ラテン語の賛美歌で、その声は雲の塊のようにやって来るのだったが、それを聞いてぼくらは、自信のある若者たちの集まりを、そしてその厳粛さを思わないではいられなかった。

3

これほど多くの死体に対するぼくの平静さはといえば、それは自分で決意したことではなく、また熱狂が過ぎ去った結果生じたことでもなく、逆に状況によって強いられた、躊躇《ためら》うことさえ許されない精神状態であることに気づいて、驚く。戦争とは、ぼくらのための何と優しい事態であることか。どうかひたすらに、我慢強く、その後に随いて行けますように。

そうして、待機と同意のこの生活を、ぼくらは自分より劣ったものと感じ始めた。他ならぬあの歌声によって。それはまさにそうした生活を乗り越える機会をもたらしてくれたのだ。それを掴みさえすれば後は引きずって行ってもらえる綱のように、それは近づいてきたのだ。そういうわけでぼくらは、自分たちが黙するこのわれらが大地で歌を歌うあれら男たち皆に対する憎しみの気持ちを高く掲げ、銃を両手に握りしめて、その声のする方へと走った。用意はすべて整っている。外の水準と内の水準が混じり、そしてその混じり合ったところから生が再び始まろうとしているようだ。

歌声が、そもそもそれはあらゆる感情に対して開かれたものなのだが、こうした単純さに強く役立っていた。と同時にそれは、その単純さの徴ともなっていた。もし風が立って、彼らの吐息を押し流しでもしたら、ぼくらは、それとともに自分たちの憎しみも場所を移して行くのを見たはずだ。

夜になった。が、ぼくらは攻撃に出ない。火を灯せないでいたのだが、月がぼくらを照らし始めた。

カッドゥールが戻ったところだ。ドリユが訊ねると、

「一番危険な所に留まったのはおれです」と答えて、「第一隊に引き留められたのであります。モンメイユール伍長が怪我したとき、隣にいたのはおれです。そしてドゥコックの方は死にました。ここに何が吹っ飛んだかご覧ください、伍長殿」

ここというのは、外套の襟についたいくつかの茶色の染みだが、ドゥコックの脳の断片なのだった。なぜ、カッドゥールの無邪気さはぼくらに失望に似たものを与えるのだろうか。

十一時頃、茹でた牛肉の鍋と米、それにバケツに入った冷たいジュースを当番が持ってきた。ボーフレールがレノーにそのジュースを注いでいるとき、馬鹿げたことに、手榴弾が一発、二人の間で炸裂し、両者の顔を切り裂いた。

それからぼくらは後方に戻された。すべては再度やり直しとなり、今日の勢いが以後ぼくらの役に立つことはもはやあり得ないように思われた。

二重攻撃

1

一つのイメージが他のあらゆる思い出よりもいっそう鮮明で客観的なものとしてある。それは、十人の兵士が地面から起き上がり、初め寄り添ったかと思うと、ある尾根を目がけて列を作って走り出すというイメージだ。痩せて少し前傾した姿勢をとり、外套の裾がはためいている。そのうちの一人が倒れるが、単に跪こうとしているかのようだ。何とゆっくり前進していることか！

土の塊がいくつか、彼らの傍で宙に舞った。丸腰で、鹿のようにほっそりと見える。相変わらず走りながら、尾根の向こう側の斜面をそれと分からないくらいわずかずつ降りて行く。ところが突然、もう何も見えなくなる。どこか窪地に入ったのだ。戦闘開始のこの騒乱の中、黒い煙がいくつか、めらめらと燃える炎とともに一気に立ち昇った。そしてやがて縁の方から消えて行く。それから無数の砲弾と銃弾の音。空には轟音が響き渡り、栗の木が灰の霞む中で引き裂かれる。蛙が啼き、蝉も鳴き、蜜蜂が唸る。家が崩落する。ぼくは、子供のように心ときめかせて、その多彩さと力強さに見とれていた。初めて攻撃に出るべく皆が立ち上がるのを目にするまで。

左手の尾根は今や人気《ひとけ》がない。昨夜ぼくにはとても大きく映っていた死体の傍に、新たな死体が一つ横たわっているのが見分けられる。その体は他と違って白い霜で被われてはいない。そうではなく、そのズボンの派手な色が人目を惹きつけている。

淡く、丸い日が昇った。太陽というより月の光のようだ。

攻撃をしかけた塹壕は完全に向こう側になっていた。それゆえ、襲撃が成功したかどうか、ぼくらは自問していた。確信を得始めたのは一時間あるいはもう少し経ってからだ。

「歩兵がひとり帰ってくる」とブランシェが言う。

その小さな頭が姿を現し、そして消えて行くのが見えた。おそらく走ってとって返したのだ。しかし相変わらずあの想像を絶する鈍さで。

「救護所へ向かう負傷兵だ」

より背の高い一人の男が立ち上がった。尾根に直立したときになって初めてぼくが気づいただけかもしれない。後退《あとじさ》りしているように見えた。そして空にくっきりと浮かび上がった。外套で妙に締めつけられた格好だった。

しばしこれが何を意味するのか、ぼくらは自問していた。連絡係が怒鳴って回る、

「すべて順調だ。第四歩兵隊が塹壕を奪取した」

歓びが増した。しかし同時に不安も広がった。

そのとき、出て行ったよりも数多くの男たち、二十人、三十人もの男たちが急がず、三々五々、戻ってきた。こちらの塹壕線まで来ると、沈むに身を任せて、もう見えなくなった。それだけだった。

奪われた塹壕を取り戻すことを、そしてさらに先の塹壕までも奪うことを許してくれるはずの指令を、ぼくらは長いこと待った。しかし何事も起こらず、ぼくらの興奮は少しずつ収まって行った。鳥が留まっている樹を目がけて撃ったことがあった。ドイツ兵が登っていたのだ。

陽はとても明るく、白々としていた。負傷した一人が尾根を這っているのが見えた。それから動きを止めて、長い間そのままだ。ぼくは食料をもらいに後方兵站へ向かった。頭上を砲弾が手探りするように、あてどなく飛んでいだ。森の中で何を捜しているというのか。第四歩兵隊の二人とともに道を行った。

「中隊の死者はせいぜい十二人だ。突撃でやられたのはそのうち二人だけだ。それに捕虜をとった」

「反撃されたときは逃げざるを得なかった。でもまた戻ってやるさ。こっちには中尉がいるしね。そう、中尉だよ!……」

この信頼ぶりはぼくに大きな歓びをもたらした。

肉とスープを温めねばならなかった。騾馬がクリスマスプレゼントの入った袋を持って来ていたが、その中にブランシェ宛のが一つあった。彼の実家の住所を書き写した。そして塹壕へと来た道をとって返した。

出てから何も起こっていなかった。雨が降り始め、胸壁がいまにも泥となって崩落しそうになってはいたが。

フェレールとランジェラは偵察から戻ってくるのが遅すぎて、食べるものがもう何も残ってなかった。しかし中尉がコンビーフを二缶開けさせた。にわかに彼らの食事が大問題となったように思えた。

2

これまで話してきたすべての出来事の中には、ぼくがそれら出来事を記憶に留めて保つ手立てであると同時に、逆にぼくを支えてもいるような、そんな思い出があった。しかしこれからのことに関しては、事情はまるで違う。塹壕の胸壁を越えて出撃した瞬間に、たしかにぼくはぼく自身から逃れ出たに違いないのだ。

ぼくがいるのはシャンデリアと鏡、それに古い肖像画のある蠟引きされた奇妙な部屋だ。するとベッドの一つからターバンを巻き赤いベルトをした脚の悪い黒人が出て行く。

身を起こそうとしても自分の負傷した太腿を見ることができない。布切れで巻かれている感じがするのだが。戻して体を伸ばす。と、また落ちてゆく感じがする、石のように。

ひとの体全体を胸で受け止めたと思った。しかしまだあえて見てみる気にはなれない。

まず頭を左右に振ることができることを、つぎに眼を開けて宙を見ることができることを、確かめた。周囲には真新しい土があるばかりだ。突如、下の方に引き裂かれた体があるのが目に入った。ポリオだと思った。それともう一人、誰かだ。魂のない、肉体さえない体。砂と敷布の入り混じった下半身しか見当たらない。

ぼくの生全体が想像を絶するほど緩慢に経過するようになったようだ。二つのものを続けて見ることができず、合間に、眼を閉じる。

しかし自分の腿に手を触れてみる。それは血で被われており、その血は流れ続けている。するとそのとき、新しい自由の感覚が身内に立ち昇り始め、全身を領して行く。それは数多《あまた》の想念となり、そしてぼくは、それら想念によって自分があらゆる努力、時間、そしてこの大地から解き放たれるのを感じる。今生よりも長く続くかのような歓びの情。ついで連れて行かれた塹壕では――でも誰が起こしてくれたのだろうか、分からない――初め失望を感じていた。もう終わりだ、扉が閉じられたのだ。

砲弾に見舞われたとき、ぼくは分隊のしんがりを、臆病だと思われたくはないので急がないように注意しながら、帰ってくるところだった。征服したあの塹壕を放棄するようにとの指令――どこからの指令なのだろうか――に対して憤りを覚えていた。ということは、奪い返されないようにすることが不可能になったのだろうか、あるいは戦いの局面が変わったのだとしたら？　ドイツ軍の塹壕を襲撃して奪い取ったとき、ぼくらは非常に大きな歓びを味わっていたに違いない。しかしぼくはそれを思い出すことができない。というより、たしかにその瞬間、ぼくらの心のうちには、行為に対する直接的で記憶のない意識よりほかの意識はなかったのだ。

ぼくらが退却した理由の一つは、おそらく、燃え上がったあれら火の手だった。右手の交通壕は完全に炎に包まれているように見えた。

ヴィルジルは銃剣のひと突きでやられた。その傍をぼくが通るとき、振り向いて言った、

「ヴィルジルは去るが、それでもフランス万歳」

捕虜にした者たちはどうなったのだろうか。

土手のところまで来たとき、ぼくは背の高いドイツ兵を力の限り見た。すると、男はぼくに狙いを定めているところだった。ぼくは上から飛びかかった。あとで再び見たときには、男は藁の山のように巨大に映った。もう一人のドイツ兵は両脚を砲弾で奪われていた。赤子のように毛布に包まれて片隅にいたが、その包みは下の方が赤い染みで汚れていた。ぼくらは、期待も恐れも抱かずに、外側だけの存在となったかのようにして出撃したのだった。ぼくは誰一人倒れるのを見なかったと思う、ブランシェ以外は。それでも彼は身を引きずりながら、ドイツ軍の塹壕まで辿り着いたのだった。しかしぼくらはすでにすし詰めの状態だった。それで彼は後ろの土手に留まらざるを得なかった。

右手に、同じようにベッドに横たわった姿が見えるのはフェレールだ。ぼくが目覚めているのに気づいたようだ。

しかしぼくは話しかけようという気にはならない。そのとき、何よりもあの淡い光の射す朝方、立

ち上がり尾根を走ってゆくあれら兵士の思い出が、ちょうどドアの前で待つ犬のように控えめだが執拗に、蘇ってくる。付き纏われているというのではないが、しかしぼくの思考はそれに繋がれているのだ。そして攻撃と退却を予め見ていた感覚が擦り切れたあの偶然に。再び地に堕ちた今、少なくとも、ひとつのイメージとあの種の秘密の徴を保つことができますように。

かなり緩やかな愛の前進

I　粉挽き小屋のジャンヌ

ぼくが軍務についていた地方では、サロニカよりさらに遠くの地だったが、窓や戸はすべて西を向いていた。そのため夕方には陽の光がどこの家にも射し込んだので、「夕日ほどには誇り高くない」という表現があった。ところで、このぼくの部屋の窓もまた西を向いている。それであの地方を思い出したのだ。しかし今宵はこの強風のせいで塵の舞いがひどく、その窓を閉めざるをえない。

熱病の多いこの地方で進軍と戦闘がしばらく続き、疲れた。とはいえ、やっとヴェルマンフロワで二、三週間休むことになり、古ぼけた粉挽小屋の袖に寝泊りしているところだ。戸口の前に座って豌豆か隠元を瓶に詰めているあの三、四人の娘たちとお喋りをして楽しむだけの高揚感は、悲しいかな、消え失せている。いったい、ぼくのことを彼女たちはどう思っているのだろうか。

ルナール親父はこんなことを言うのだった。「マルティニークにいたのさ、わしゃ。危険な所で、三、四人してでなければ決して出かけはしなかった。それに、尻尾が赤い猿もいて、夜になると出てくるのさ。昼間は木の上で寝ているがね。それで、もし人がその木の根元に座ると、奴は目を覚ます。そしてまずは、その人の頭の上に木の葉を落とす。だが、木の葉は斜めに落ちてしまうと見ると、ついには自分でナイフのように飛びかかってくるのさ。それに当たればやられるし、当たらなくても、どっちみちやられるがね。ただし、奴も同時に死ぬ。ファフィアラというのさ、そいつは。誰かと一緒に二人で出かけていった友だちは、とうとう帰らなかったね」

　こんな話をしながら、親父は水車に背を凭せ掛けて、長い脚を伸ばした。

　ジャンヌは聞いてなかった。ルナール女将は、ときおり台所から出てきて何か言っては、気に入ってもらえないかと心配そうな顔をするのだったが、その日は愚痴をこぼした。かつての墓地が見捨てられたからだった。「おまけに、墓石の半分がなくなっちゃったのよ」。言いすぎたことを恐れて、こうつけ加えて取りなした。「つまり、道理をわきまえてないひとが何人かいるってことね」。そして台所に戻った。それは一番暗い部屋だった。

　そもそも、ここの小屋には水車がなかった。「マルティニークから帰ったとき、先代の粉屋が言ったことがあったよ。水車を一度見たことがあったが、それは虫にすっかり食われてしまっていたとね」。こうした水車のない粉屋はどこかの工場に働きに行くのである。

「なんという腕をしてるの！」とモーリスは言って、抓《つね》ったものだ。

「男の子のでき損ないよ」とジャンヌが応えて言う。そして、「知恵の歯〔dents de sagesse.「親知らず」のこと〕が出てきて、痛いのよ。金槌で打たれてるみたい。昨日は頬が焼けるようで、もう堪らなかったわ」

「というと、以前は知恵がなかったのかい？」

彼女が心ここにあらずといった様子をするので、ぼくらはどうしたらよいか分からなくなってしまう。そんなに言うつもりはなかったのだが。

朝、彼女は独りだった。それに女中のような格好をしていた。コーヒーを淹れてくれた。モーリスとぼくは、代わるがわる、走者が水溜りのしかるべきところに跳んでいるかどうか見張りに行った。ジャンヌはほとんど外に出なかった、台所に立つためだけの身繕いだったから。走者たちは、疲れた男のように、感情をあまり表に出さなかった。十番以降は、水のことや走る距離が長すぎることで文句をいう者、さらには水車を見つめだす者もいた。十七番目は妙なところから出てきた。モーリスがそいつを問いつめている間、ジャンヌがぼくを納屋に案内してくれた。

長椅子のあるこの山車は昔の結婚式に使われたにちがいない。撥ね上げられたその肘掛けは、車輪が地面についているというのに屋根瓦まで届いていた。屋根の梁は馬の腹ぐらい太い。上の床には、乾いた莢入りの隠元豆と鳩の糞ばかりがあった。それからたくさんの秣《まぐさ》。屋根から洩れる陽が蜘蛛の巣を通して射している。ぼくがジャンヌとは別の何かに目を移すと、すぐ彼女はこちらに寄り添ってくる。体がぶつかる。

「もちろんそうさ、知ってるよ、きみの方が強いことぐらい」。実際、彼女は腕の力だけでぼくを押すのだ。

（鳩の糞かと思ったのは、じつはたくさんの木の屑だった。天井であの妙な音を立てている虫の仕業だった。）

午後、ふたたび通りかかったとき、草を干していたジャンヌが顔を上げて、ぼくに微笑みかけようとした。が、眩しくて、しかめっ面にしかならないのだった。

雌鳥に餌を与えているルナール女将は、相変わらず間近に座って、長い間隔をおきながら一握りずつ小麦の粒を蒔いていた。

「どうして一度にやらないのさ?」

「喧嘩するのよ。そうするとなくなってしまう粒がでてくるでしょ。それに、まだ若い鳥だから」

女将は言い訳をするのが好きだ。そういえば、ぼくは今日一日で四度も粉挽き小屋に行ったことになる。そんなに長い道のりを歩いたのかと思うと、妙な気分だ。そして、そのことを考えると自分の影が見える思いがする。

一度目は、モーリスと一緒だったが、ジャンヌは納屋に案内してくれた。二度目は草を干していた。三度目は親父が何人かの兵士を前にお喋りをしていた。そして、夕方は、本当にあまりに人が多すぎた。ジャンヌは、胸のところに長いポケットが二つ付いた、壁掛けの色をしたブラウスを着ていた。

あの元百姓が、偉大な演説家はトルストイ、ウィリアム二世、法王そしてジョレスだ、などと話をしていた。——ほらねえ、ジョレスはたかが四番目じゃないか、と誰かが言った。

タバコの箱を一つ、ルナール親父に置いてきた。そして別の小路からまた登ったのだった。これほど何度も訪ねたのは別に楽しいからなのではない。そうではなくて、むしろ欲望が涌いてくるのを期待したからなのだ。

水車の部屋からは、窓の高さのところを大量の水が流れるのが見えた。それで、その様子を一瞬見てしまうと、自分から飛び出して水を割って進んでいるような、そんな気がするのだった。「でもわたし、一度も旅行したことないの」とジャンヌが言った。

もう一つの窓は柴の束で塞がれていた。入ってくる陽射しは、強いけれども少しの間で、花冠の中にときに見られる光のように、眩しくはあったが十分ではなかった。「あらっ！　あの娘が見てるわ」とジャンヌが言う。（それで、これから接吻できるかもしれないというときに身を離してしまう。）事実、外に出るとすぐに「ジャンヌ！」と、その娘が呼ぶ。

台所から聞こえてくる呟き声は、おそらくルナール女将が独りごちているのだ。ジャンヌが夢物語の本を開けようと身を屈めたとき、ブラウスの端から乳房が覗いた。


ジャンヌのあのなおざりな様子を見ていると、ぼくの欲望は、失せるのではなくむしろ昂まってくる。裸の姿がたやすく想像できるというほどではない。しかし、服装がだらしない女はあまり抵抗しないことが期待できるのだ。

気に入ったからではなく、逆に、少し軽蔑できるからこそ、それだけその女が欲しくなるというのは、妙なものだ。男は、獣のように身内に湧きでてくる本能と絶えず闘わねばならないとよく言う。しかしぼくは、そのような本能に出逢うことは稀だ。したがって、それにもとづく道徳は、どんなに一般的であろうと、ぼくにはまず当てはまらない。ぼくの場合はむしろ逆なのだ。

しかしながら、ぼくはこれまで一度もその逆の道徳を書き記したことがない。そのことを誰に伝えたらいいのかあまりよく分からないからだ。そもそも、あらゆる点で普通の道徳と対立しているのであってみれば、それは慎みがなく、表面的には不道徳なものでしかないことは明らかだ。しかしいずれ正常になって行くものだ。ぼくのいう正常とは、道徳的にも不道徳的にも、そのどちらにも任意になれるという意味だ。ぼくの道徳的な生活はまだ始まっていなかったのだろうか。その気配がまったくなかったことは告白せねばならない。それに、その助けとなってくれるものも何もなかった。当然感じるはずの快楽を感じなかったのだ。というのも、あるときは、その行為は自惚れ以上のものを与えてくれるにはあまりに早く終わってしまったからだ。

またあるときは、逆に、あまりにも長く続いて、最初は猶予が与えられた喜びを利用して頑張った り様々な体位を試したりするのだが——要するに、学んでみるのだが——、そのうち疲れて、えせ羞恥心から立ち去らないでいるという有様だ。正直に言うが、それはえせ羞恥心なのだ。それに相手を失望させまいとする気遣い。相手は、ぼくを追い払うどころか、逆にさらにきつく抱きしめるのだ。それゆえ、純粋に肉体的な快楽が次第に心の優しさという快楽に取って代わられてしまうのだった。ついに終わって、脇に身をどけたときには、甘美な疲労感のひとときがきた。ああ！　それは、努力や倦怠、固執などその他のすべてのものに十分値した。

ぼくはとりわけ軽い嫉妬を感じていた。不安になり、ジャンヌは次の日の一日を何をして過ごすのだろうかと自問していた。（あたかも彼女がそれまで生きてこなかったかのように！）「わたしの髪は垂れ下がるのよ」とのジャンヌの言葉を受けて、「おれのも垂れ下がるよ」と応じたランベールは何と闊達《かったつ》であったことか。

こうした出来事がたちまち纏った優雅さはといえば、それは、故意のものだったのであり、ぼくの

《コメット通信》のこれまでの主な執筆者

浅沼圭司
石井洋二郎
伊藤亜紗
小田部胤久
金子遊
木下誠
アナイート・グリゴリャン
桑野隆
郷原佳以
小沼純一
小林康夫
佐々木敦
佐々木健一
沢山遼
管啓次郎
鈴木創士
筒井宏樹
イト・ナガ
中村邦生
野田研一
橋本陽介
エリック・ファーユ
星野太
堀千晶
ジェラール・マセ
南雄介
宮本隆司
毛利嘉孝
オラシオ・カステジャーノス・モヤ
安原伸一朗
山梨俊夫
結城正美

料金受取人払郵便

綱島郵便局
承　認
2149

差出有効期間
2024年4月
30日まで
（切手不要）

郵便はがき

223-8790

神奈川県横浜市港北区新吉田東
1-77-17

水声社 行

御氏名（ふりがな）	性別 男・女	年齢 才
御住所（郵便番号）		
御職業	御専攻	
御購読の新聞・雑誌等		
御買上書店名	書店	県市区　町

読　者　カ　ー　ド

お求めの本のタイトル

お求めの動機

1. 新聞・雑誌等の広告をみて（掲載紙誌名　　　　　　　　　　　　）
2. 書評を読んで（掲載紙誌名　　　　　　　　　　　　）
3. 書店で実物をみて　　　　4. 人にすすめられて
5. ダイレクトメールを読んで　　　　6. その他（　　　　　　　　）

本書についてのご感想（内容、造本等）、編集部へのご意見、ご希望等

注文書（ご注文いただく場合のみ、書名と冊数をご記入下さい）

［書名］	［冊数］
	冊
	冊
	冊
	冊

e-mailで直接ご注文いただく場合は《eigyo-bu@suiseisha.net》へ、
ブッククラブについてのお問い合わせは《comet-bc@suiseisha.net》へ
ご連絡下さい。

少なからぬ迷い、あるいはおそらく不安を隠すのに役立った。しかし、隠そうとするには及ばなかったのだ。——まさにそれゆえにうまく思い出せないのだ。今やもう、思い出そうという気にもならない。

II　納屋の訪問

かなりの間、干し草の上で乾いたペンキ壷のとなりに横になっていた。階下でジャンヌの叫ぶ声がしたので起き上がって、窓辺に寄った。(今朝は納屋にいると昨日彼女に言うだけの時間があったのだ。)

「今日は向こうで干さないの?」遠くの方の釣り人に向かって言っている。男は返事をするが、ジャンヌは熊手ごと腕を高く挙げて、「聞こえないわ」。微笑みが止むとかなりきつい表情になる。

彼女を眺めるのは心地よい。大きな動作で干し草を広げるブロンドのあの力強い娘を知らないと仮想してみる。ときに彼女は干し草を熊手の歯に掛けて山ごと日向に持って行き、空中で揺する。と、パッと雲ができる。

いま玄関をくぐって入った。燕が数羽、円屋根にしがみついたり離れたり、蝙蝠のように飛び回っている。

行ってみるとジャンヌはもういない。代わりにお母さんが、生え際だけ髪の残る頭に帽子も被らずに小股で出てきて、井戸の所にくる。この古井戸は、どれも同じようないくつもの細長い石でできていて、その上下を鉄の箍《たが》で締められ、樽のように腹が膨らんでいる。彼女は首を傾げ、まっすぐバケツを落とす。角の生えた山羊が川岸で草を食みながら頭を小刻みに動かしている。この草原にはそもそも小川や水路がたくさんあるのだが、その中でもひときわ多くの花が集まっている箇所がある。水に引き寄せられて揺られているのだ。その後お母さんは家に帰ったが、ジャンヌは戻ってこない。気がかりなあの窓から覗けるのは、縁に置かれた、花のない二つの小さな壺と、ガラスの端に透けているカーテンの裾だけだ。

このとき、下の鶏小屋からジャンヌの声がする。と、すべての物音が自分に関係しているように思えてくる。藁を踏みしだき、柵を押しているに違いない。雄鳥が鳴く。木材が軋む。家の腹部がにわかに痛み出したかのようだ。

彼女は外に出て、野原に戻り、草を干す。「おぉ！」と言って、熊手を背負いその場を離れる。熊手とおさげ髪が十字の形になっている。ぼくはさっきの干し草の隅で小さくなる。やっと、梯子を登ってくる音が聞こえる。

「あら、ここで勉強してるの」

「自分の家を見ているのさ」

「じゃ、この小屋はあなたのなの」

「だって、戦争が終わったら、きみたちから買うのだから」

「古いわよ。もし屋根でも落ちてきたら？」

「怪我をするほど重くはないさ」

彼女の口はアカシアの花で一杯だ。

「お父さんが売るとでも思ってるの。あの人を知らなければだめよ、まず。ときどきは、十一時に帰ってもちゃんと許してくれるわ、何も言わないのよ。でもお皿を一枚でも割ってごらんなさい。どんな目に逢うか」

「いったい十一時頃まで外で何をしてるのさ」

「あらっ！……」

彼女は狭い窓のところに行く。ぼくもその隣に行って、見つめ合い、腰に腕を回す。すると彼女は体を揺すって、身を解く。

「まだ十分も経ってないけど、隣のジョゼフィーヌちゃんが来てこう言うのよ、『ジャンヌ、あのマリーがわたしのことをあばずれって言うの。何てこたえればいいの』。いったいあの子ったら……」

「あれらの壷は何のためだい？」

それは二つの赤い土製の壷で、底を壁に据えつけてある。そして窓の左右に一つずつ首を伸ばしているのだ。

「雀が巣を作るようにするためなの」

「ここの人たちはすごく親切だね」

「そういう人もいるわ。鳥が大きくなると食べちゃうけど」

見ていると壺に入って行くのは燕が多かった。ジャンヌはどう答えたものか思案げだったが、自分の答えに満足して、今度は体に腕を回しても、されるがままにしている。この厚手のドレスの下は裸に違いない。体を肌で感じ続けられるように手の位置を絶えず少しずつずらす。

彼女は首にロケットを掛けている。その片面には、羽根の付いた大きな帽子を被った彼女自身の姿がある。

「で、裏面は？」

「姉よ」

たしかに、こちらもまた、大きな帽子を被った女の子だった。今やぼくは、脚の片方を彼女の脚に押しつけている。手を取って、手相を見、運勢を占う。「あら、まあ！」と言って、彼女は思いも寄らない予言を嘲笑う。ドレスの上から乳房を愛撫することができた。大きそうだった。ぼくはしかし、このあいだ一人の男が彼女のせいで亡くなったと言い添える。なぜそう言ったのか分からない。おそらく自分がさらに大胆になるほど軽薄には感じられないからだ。事態を深刻なものとしたいのだ。彼女はというと、真顔になって動揺した様子だ。急に、自分のことを知っている誰かに話をしたくなったという。ぼくは彼女にとってもはや何の価値もない。身を振り解いて彼女は言う「さよなら」まずは接吻する。すると一瞬、体を委ねてくるが、すぐに身を引く、激しく。そして後ろ向きに梯子を降りてゆく。唇に接吻したのだ。閉じたままだったが、かなり分厚かった、ことさら分厚かった。静かに、何気ない風をして、彼女は去って行った。ぼくは混乱し熱っぽい。しかし大きな歓びも残った。

それに、今しがたのことを、何であれ忘れてしまいがちになった。柱時計が鳴るのを聞いて自分の腕時計を見たのだが、その二分後にまた、出発する時間ではないかと自問している。また時計を見るが、だからといって今度は覚えられるというわけでもない。様々な鳴き声や飛び回る羽虫が気になって、右に左に寝返りを打つ。なんと奇妙な歓びだろうか。どうもあまり自然な歓びではないように思えてきた。その一部は、ジャンヌが去ってしまったからにはもう努力しなくともよいという歓びではないだろうか。それ自体としてはごく単純なことなのに、やり遂げるのにときに非常に苦労するというのは妙なものだ。

ジャンヌはあまり嫌がらなかったのだが、彼女の腰や太股に服の上から初めて触れたそのときから、新たな段階に移行したように思えた。それは、最初の頃の夢のような容易さが失われてしまったというあの違いゆえに驚くべき段階であった。突然、力もしくは精力の問題となり、彼女の力がぼくの邪魔をしているかのようなのだ。つまり端的に言えば、仕事の問題となったかのようなのだ。（しかし、おそらくそれがぼくの欠点であり、思うに、その移行を感じないならば完璧だったのだろう。――錯覚する術を心得ているに違いない大部分の男たちに見られるように。）

じつを言えば、そうすることが最も自然なことであるかのように仕事をする人々もいるが、ぼくの歓びはそうした仕事が終わったことに因っていたのだ。思いを巡らしてもその歓びは続いていた。身を反らして、誇らしげに腕をこわばらせた。水は落ち続けていた。ぼくは灯り採りの窓の所に戻っていた。ジャンヌは、小屋の内側から覗き穴のついたドアを勢いよく開けて、真ん中に赤い輪のついている乳母車を外に引きずり出した。それから戻って、ひと突きでドアを閉めた。彼女の髪は、今度は背中に広がっている。ぼくは独りごちた、「彼女はどうしてぼくを愛さないことがあろうか。ぼくはこうでもありああでもある」。こうしたことは、ふつう、より婉曲的に思うものなのだが。しかしぼくは、しばらくの間、そうしたやり方を自らに禁じていた。

回想録の類の本は、生きるのに困難を覚えた人によって書かれたのだと思う。ぼくはといえば、そうした困難が非常に大きく、またあまりにも強く感じられたので、夕方になってその日一日でやや前進したように思われなかった日はまずない。

ぼくには、あたかもすでにあまりに先に進んでしまっている人生を後から見出すかのように、そのようにすべてが起こる。たとえ複雑であると思われている事柄に通暁《つうぎよう》しようとも、ぼくには最も単純なことが欠けていることを知っている。正直に言うが、本当に最も単純なことなのだ……

Ⅲ　汚された部屋

　ジャンヌは会いに来ず、アヴァンチュールは頓挫してしまった。あの約束にあれほど期待をかけたとは何と愚かであったことか。たしかにぼくは「女が接吻を許すときには、残りをすべて捧げる用意がちゃんとできている」と言っていた。（分けてもデュフィに。）しかしこの愚かさはそれほど単純なものではなく、他の多くのことにも関係していたのだ。

　ジャンヌが来なかったあの待ち合わせは、落度はぼくの方にあった。夜まんじりともしなかったこと、そして本能が捕らえられていると感じたこと、このふたつに由来する矜恃《きょうじ》に騙されたのだ。一番の困難事を済ませたので後は大丈夫だろうと思えたのだった。（良心の疚しさを克服すれば、もう盗むのは簡単だろうと正直者が想像するにもいくぶん似て。）

　しかしジャンヌにはぼくと同じ理由はなかった。そして、別れしなに「今晩、納屋に会いにおいでよ、ジャンヌ。待ってるから」と言ったとき、彼女は素知らぬ風だったが、それは自然なことなのだった。彼女にあっては事態は空《くう》を漂っていて、考えとして纏まるということさえないに違いなかった。

来ないジャンヌを空しく待ったあと、ぼくの部屋で何があったかは覚えている。しかし、その待っていたということそれ自体については、すべてを、ほとんどすべてを忘れてしまった。それに納屋の中に三時間もいたという執念についても。それは、自分は精力的であるという確信を得ようとしていた執念だった。（しかしジャンヌを来させることこそ精力であったろうに。）

あんな風にあまりにも出し抜けに——その前に愛撫もしないで——求めたことで、ぼくらの間にあった肉体的調和を中断してしまっていたのだ。のちに見る言葉に関する意見の欠点が実証されているのだ。一言で言えば、ぼくが満足するのは、ジャンヌとぼくとの間ですべてが自発的になされたときなのだ。ほとんど言葉を介さないで。

立ち寄ったときにはあの老人が小魚を捌《さば》いていた。水位が下がったので何百匹も採れたのだった。

「フライぐらいは食べさせていただけるのでしょう？」

「もちろんさ。何かひりひりしても、それはこのタマネギのせいじゃないぜ」

彼の正面でジャンヌも同じことをしている。昨日のドレス、というよりネグリジェを着ている。しかしその下は裸ではなく、長いポケットが二つ付いた新しいシャツなのが見える。

「焼き具合いがちょうどだと美味しいのよ」と彼女が言う。

「部屋の中の家具は、村で一番美しいもののようですね」と、ぼくが親父の機嫌を直そうとすると、

「その通りさ。一番古いのさ」と親父。

というのも、ぼくの家は彼のものなのだ。彼がマルソ夫人に貸して、それを今度は夫人がぼくに貸して、自分は水車小屋に寝に行くのだ。

「いや、違うわね」と、ルナール女将の声がする。「フィロメーヌのところのが一番古いのよ」。少し間をおいて、また、

「うーん、よく分からない」と言って、屈んで、ふたたび食べ始める。彼女の台所は薄暗いが、暑い。中には入らないで、ドアのところから、

「奥さん、この中でお料理をするのですか」

すると親父が、「いや、このくらい何でもないよ。マルティニークでは、ちょいと暑い日にゃ、レールの上に唾を吐くとすぐにパチパチ始まって、フライパンの上に卵を落としたみたいにブツブツやるんだ」

彼らは夜はたいていクレソンの入ったスープとサラダしか食べなかった。親父が自分の分の魚をやり終えて帰ってしまうと、すぐにぼくは「今夜おいでよ……」とジャンヌに言う。彼女は、落ち着いて残りの五匹を開けてしまうと、さよならを言ってやはり帰ってしまう。その手は少しぽってりしていて、とてもそれで音は立てられない。それに魚で汚れていた——もっともたいがい汚れているのだが。

ぼくの今度の部屋は、戦争があってからは目にしたことのないほど清潔なものだった。床板はとても白く、いたるところ同じようにすり減っているかのようだ。木目がなく、染みも一つもない。その

うえ、ベッドが二つと、時報を鳴らそうとするたびに呻き声をあげるあの柱時計、古い箪笥、他種が改良を重ねたせいでついには鋤に似てしまったミシンなどがあった。

八時に、壁の向こう側で厩の戸が開く音がして、幾頭かの雌牛（雄牛はほとんど外に出ないで、家で干し草を食べる）に二羽の鵞鳥、そしてその雛十四羽、それからマルソ夫人とマリー・ルイーズが帰ってきたのが聞こえる。暗くなったし、雨も降り出したのだ。

「で、これがあなたの分のチーズよ」とマルソ夫人が大声で言う。「こっちに来て食べなさいよ。わたしはつきあい嫌いじゃないのよ、そんな人がずいぶんいるけど。それに、パン！」

「もしパン屑をこぼしたら、部屋が汚れちゃいますけど」

「うあ！　うあ！」とマリー・ルイーズ。

「どうしたの、可愛い子ちゃん」

マルソ夫人は寂しがり屋だ。そのため、話すのをやめるとすぐ水車屋に寝に行ってしまう。しかし今夜は、ジャンヌのことでぼくに話すことがたくさんある。暴れる馬に乗ったときのこと、

「彼女は怖がらなかったわ、だから救われたのよ。それに、お分かりでしょ、胸が大きいから、そりゃもう揺れたわ」

それからバイクに乗って行ったときのこと、そして水浴びをしてたとき掴まえた鯉のこと、

「そのうち夜に、いたずらをしに行くかもしれなくてよ。男の子より始末が悪いから。マリー・ルイーズも彼女とそっくりになるでしょうよ」

しかしマリー・ルイーズは、椅子に座って、流しに両足を浸し「夜になった、夜になった……」と歌っている。そして、マルソ夫人が不平を言う。今日一日のことで疲れて頭が痛いのだ。「ここにいなさいよ、マルソさん。大きなベッドに寝ていいですから。ジャンヌがいては眠れないでしょう」と言ってぼくは立ち去る。時間なのだ。

月が上った。屋根裏部屋は、その光に正面から照らされて、薄暗がりの中でも水車小屋からははっきりと浮き出て見える。窓のところに束ねてある麦藁が、閉じ込められて抜け出そうとする娘のようだ。

入るとすぐぼくは靴を脱ぐ。円窓のところに行って、ときおり木々が水の中を流れてゆくのを眺める。ルナール親父が外に出て草原を一回りする。ゆっくり、のらりくらりと。

ぼくは、二時間、三時間、いやそれ以上待っている。零時半頃、いっとき眠ってしまったかもしれない。(午後、水浴びをあまりに長くしすぎて、疲れた。)樹の虫が一つの想念ほどの音をたてているのが聞こえる。また靴を履いて、梯子をわざと軋ませながら降りる。水車が弱々しく唸る。ジャンヌが親父の側で寝ている部屋に忍び込もうと心を決めていなかっただろうか。しかしそれもこの犬がいては気違いじみていよう。帰りはその犬が少々怖かった。戻って、灯りをつけないまま床につく。

ぼくはふだん、よそのどこよりも自分の部屋でこそ力強く眠るように思う。あのすさまじい音をだす柱時計に負けてはならないのだ。眠ろうとして眠ったものだ。

しかし今夜は、ちょっとしたことで目が覚める。と、あるとき、マルソ夫人が、蝋燭を点けてもう一つのベッドから出て、ペチコート姿で戸口のところまで行き、どの窓かを閉める（嵐が怖かったのだ）のが目に入る。三時を過ぎているに違いない。彼女に訊ねる、

「なんと、服を着たまま寝るのですか。見られるのが怖いのですか、マリー・ルイーズみたいに？」

「いいえ、ペチコートしか履いてないのよ。今夜は、これを脱ぐわけにはいかないわ」

分かったつもりでいると、彼女はつけ加えて、

「これがなければ、ここに残る気になったと思って？」

しかし、今夜は、ぼくは何ごとにも驚かないつもりだ。さらに、「足が痒いけど、何があるの？床にあるのはこれなあに？」

ふたたび目を覚ますと、また彼女が、両手を腹に当て、すっかり服を着た姿で、

「ここに、こんなに干し草が！」

ほんとだ。服を脱ぐとき、ぼくがあちこちに干し草をまき散らしたのだ。なんてこった！　だが彼女はもう一度部屋を見回す。以前は奇麗だったのだ。

「こんなに蜘蛛の巣が。それに埃も」それからぼくを見つめて言う、

「さあ、さあ、きれいにしなくちゃ」

こうしたことの一切はより深刻に思い起こされるべきだったのだが。一種の無関心あるいは卑怯さゆえにぼくはなかなか観念しないのだ。

Ⅳ《七馬宿》

ジュリエットとはすべてがかなり違った風に始まり、いっそう違った風に進んだ。誰からも何も訊かれないうちに自分からいち早く彼女を選んだのだ。（以前から彼女たちの名前は耳にしていた。かくれんぼの真似をしながら茂みの中で呼び合ったり、あるいは食卓で、お菓子やチーズ・スープの器越しにお喋りしていたときに。）モーリスは蝸の絵柄のハンカチを持っていたジョルジェットという名の娘を、デュフィは三人の中では一番美人の、タータン・チェックのドレスを着たアントニーヌを、それぞれ選んだ。

ぼくの選択はむしろ挑戦というべきだった。醜い女とされているにもかかわらず彼女を選んだという意味で。あたかもぼくにそれと分かった何かが彼女の内にあったかのように。あるいはまた単に、その欠点がぼくの最初の不器用さにちょうど対応しているように思えたのかもしれない。その頃ぼくらは彼女たちを略してジャック夫人、モーリス夫人と呼んでいた。ぼくの女は背が低くて動作がややのろかった。優雅なのだが、たとえば足を引きずっていたとしても何も変わったとは感じられないだろう。

午後はずっと嵐がやってきそうな気配だった。時折とても強烈な必死の陽光が射してきた。すると、あらゆる色が輝き解け合うこの森にあって、彼女たちだけがその広がりの中にしっかりと構えた分厚い存在であるように思われた。ところで一緒にそこにいた二人の年老いた婦人は黒い服装をしていた。そのことは不意に明らかになったのだった、虹が出るように。

ブランコと五つの木製のテーブルからかなり離れたところにある、あの低くて背の丸い家にカフェがあるのだった。エプロンのポケットにぼくらが注文したビール二本を入れ、コップを手にした娘がそこから出てきて分かった。

一人のジプシー娘がやってきて、ぼくらの周りをうろついている。首のところから弟を引っぱり出したが、二人とも親指に人形を填めている。「切ってしまったのよ」と彼女。「で、弟の方は？」「わたしが指を結わえているのを見たときなのよ」。「まだなの？　早くして！」と宿屋の娘が叫ぶ。すると、そのジプシー娘はすぐに立ち去って、クマシデの若枝を切り取っては柔らかくしようと丸めている。

「ジョルジェットが聖アンヌの髪飾りを返してくれるのは日曜日ね」

「ほんとに美しいのは好きよ。でも、安ピカ物はごめんね」

「わたしにはアルヌーばあさんがドレスを二着作ってくれたわ。一つはすぐにだめになったけれど、もう一つはいつも着てるわ」などと彼女たちは言い合っている。

「それにしてもいい天気になりそうよ。晴れてるときのドレスを着なさいよ」

しかしまた曇ってくる。そもそも、森の路はもともと曇り空色をしている。ここら辺りにはクマシデや楡ぐらいしかないのだが、とくに多いのは楡で、幾千もの黒い虫に食われているのだ——指に油の染みを残すあの虫に。

彼女たちが三人して立ち上がり、ゆっくりと、しかしキャッキャッと笑い声をあげながらブランコの方に歩いて行くと、モーリスが言う、

「押してやろうか?」

「さあ、行こう」それでいてぼくらはじっと動かないままだ。モーリスがやっとその気になったのは数分後、彼女たちが漕ぎ方を知らないのを見てからだったと思う。彼が近づくと、

「もちろんよ、お願いするわ」とジョルジェットが言う。

楡の木よりも高く飛ばしてやる。今度は彼女たちがぼくらを漕いでくれる。するとモーリスは、彼女たちの腕の中に落ちる振りをして、大いに笑わす。あるいは押すときにくすぐられるといって、大声をあげる。

「乗りにおいでよ、ばあさんも!」

しかし婆やは、あまりに高く漕ぎすぎると言って不機嫌になり、買い物籠を心配しだす。こうして彼女たちを三度漕いでやり、ぼくら二人も漕いでもらうが、デュフィは別で、無関心な様子で地べたに座っている。ぼくはブランコに乗っているのが誰なのか、ほとんど見やりもしない。それに、以前にもまして彼女たちの見分けがつかなかった。

もう一人の婆やがキノコを採って帰って来る。すると、最初の婆やが新たにまた気まぐれを起こして、空き地に歩み出てこう言う、

「嵐がやって来るよ」

「《七馬》に嵐が来たことなんかありゃしないよ、この地方に住むようになってこのかた」

「それじゃ、とにかくわたしは先におさらばします」と言い返して、ほんとに行ってしまう。そのうえ籠はみんな残したままだ。

アントニーヌは走って行って帽子を被り、それから彼女に追いつく。「でも、ぼくらも一緒に行きますよ！」とモーリスが叫ぶ。ぼくは本気で片腕をジュリエットに差し出す。と、彼女は真顔で受け入れてくれる。モーリスはジョルジェットの手を取った。ぼくらにはさらに担ぐべき籠があった。デュフィはアントニーヌに追いつくために一番長く歩かねばならなかった。

そのときぼくはジュリエットを選んだことに少し失望した。「お母さん、よろしいですか」とモーリスが叫ぶ。もし母親がまたぼくらの間を縺れさせでもしたら？　しかし、彼女は何か仕草をしただけで、そのまま立ち去って行く。

「あなたのお友達から『お母さん』と呼ばれているのが聞こえればいいのだけど」とジュリエットが言う。そして、やがて、

「わたしたちの後ろにいる女の子は、一年前、戦争でお兄さんを亡くしたのよ」

「じゃ、彼女はきみのお姉さんではないの？」

「違うわ、友だちよ。わたしの姉はアントニーヌよ。わたしたちを追い抜いて行ったひと」

まず他人のことを話すその話し方を、ぼくは以前から知っていたように思われるのだった。

「きみたちはヴェルマンフロワで働いているの？」

「そうよ、ジョルジェットとアントニーヌは大きな工場へ行って、作業服を縫ってるの」

小路はさらに細くなってきた。

「でも、きみは？」

「わたしは六時に起きるの」

「お裁縫はするの？」

「わたしはお針子よ」

「自分の家で？」

「そう、窓辺でやるの」

また、道らしくなった。

「午前中いっぱいはそこを動かないわ。アントニーヌが、出かける前に、わたしのために針に糸を通してくれることがよくあるのよ。わたしたちが《七馬》に来るのは今日の午後が初めてなの。でも、あなたは？」

「ぼくはオットルヴィルで自動砲を作ってるのさ。いまは休みなんだ」

「この近くね。でも、オットルヴィルではずいぶん解雇されてるんじゃなくて？」それについてはぼくは何も知らない。しかしその質問と言葉遣いが気に入らない。とはいえ、ぼくも同じような話し方をすることがあることはうすうす感づいている。気詰りをおぼえたとき、決然としてはいるが所詮《しょせん》ひと事でしかないといったあの調子で、またあのような出来合いの言葉をつかって話すことが、ぼくもあるのだ。ジュリエットに目をつけたのは、この点が似ているからであることは疑いない。しかしそれにしても、彼女はどこで本性を現わしたのだろうか。

「……わたしはあまり本を読んでいる時間がなかったの。アントニーヌはたくさん読んでいるわ」。ぼくは彼女の言うことすべてに少なからぬ威厳を感じていた。彼女はこちらの質問を先回りしていたのだ、何の衒《てら》いもなく。独特の喋り方をしていたが、それというのも、そうしたかったからなのであり、ぼくに調子を合わせるためではない。

「……お人形なんか、十三のときに働かなければいけなくなって取り上げられたわ」

彼女の腰に腕を回していたぼくは、一度、口づけした。そのあとは、ブランコと鬱陶しい天気のせいで、むだなくもう一度そうしようとするには体が暑くなりすぎていた。大通りに出ると、母親の一人が「ついでだからもう一つ親切をして、あの人たちを家まで送ってあげましょうよ」と言ったかと思うと、早くも出発だ。最後まで残れればと願っていたのだが。いや、とんでもない、さっきは冗談だったのだ、彼女は帰りたがっている。こうして、一緒になっては離ればなれになる。干し草を積んだ荷車が一台通って、チェーンを鳴らす。その音がいつまでも響いている。

「彼女はぼくに自分はお利口さんですと話したよ」と、来るなりモーリスが言う。彼女たちの一人はまだ日傘を振り回している。デュフィは別な話をする余裕がある。「彼女に言ったのさ、『なんて汚いんだ、きみの自転車は、お嬢さん。磨くよりも、セックスをする方が好きなのかい』『もちろんよ、その方が気持ちいいもの』彼女にははっきりした物言いができるのさ。今夜、森で会う約束をしてくれたよ」

ぼくらは嵐の中を帰った。ついにやってきたのだ。

いま、あのアヴァンチュールを思い返すと、錯綜した物語がじつはこんなにも単純であることに驚く。その最大の特長は、おそらく、それがこのぼくに起こったということだ。それはまた、説明するのが最も難しいことでもある。しかし試みてみよう。できる限り裸の形で物語ってみよう。先に匂わせたように、海のこちら側ではそれまでまだぼくは女性を得たことはなかった。それで、ある自己不信がむしろ妨げとなっていたのだ。

愛のアヴァンチュールよりも重大な出来事はない。ぼくが言いたいのは、いま話をしているような愛のことだ。そこでは少なからぬことが危険に晒されるが、その第一は自分自身についての思いである。(互いに言い合うたくさんのお世辞が、そしてひときわ深い不安が、そのことをよく示している。)そして、まさにこの点は非常に重大なのでこれ以上詳しくは話したくない。ともかく、それはこの物語の鍵であり、そして、その話をこれまで聞いたことのない人にはこの物語は分からないだろう。しかしぼくは、そうではない人たちのために書いているのだ。

ときおりぼくは躊躇い、独りごちた「もしも後にジュリエットが身を任せるようなことになったとしても、それは、察しがつくように、躊躇いながら、ぼくと同じように躊躇いながらのことだろう。しかし、自転車に乗るよりもセックスをする方が好きであることを認めるあの女の子からは、じつに多くのことが学べるだろう」。そのようなときぼくはジャンヌに思いを馳せたものだ。自分の失敗にあまりの重大さを与えがちなのだった。

V　乙女たちの午後

先程ひとりの酔っぱらいが通った。「これは曲がりくねった樹の汁さ」と、自分のスープを取りにきた隣の爺さんが言う。(夜は、それとサラダしか食べないのだ。) それから村の太鼓の音がして、真向いの草原で今朝急死した雌牛の肉を半キロ二十三スーで売ることが告げられた。(もう五分早く来て左の脇腹にナイフを突き刺せば、一発で治ったのだが。) 嵐になろうとしている。またもや嵐である。先に話したサロニカ近くの地域では、毎日同じ時間に——ちょうどこの時間、四時か四時半に——嵐がやってくる季節があった。ぼくは二日前からほとんどいつもあの地方のことを考えている。

喫茶店で少なからず待った。このような待機はぼくには無益だ。濁ったざくろシロップを飲みながら、ときどきカーテンを通してジュリエットの窓を見ようと身を屈めた。彼女の家は通りの向こう側にある唯一の家だ。ほかは壁ばかりだ。

いま思うと、部屋の奥は暗闇だったような気がする。軍曹が立ち上がって、両手を椅子の背凭れにおいて大声で喚き立てていた、「わしは家主ではない、貧乏なのさ」。すると、喫茶店のマスターが「そんな風につべこべ言うな」。「ほんとのことを言ってるのさ」と軍曹は応えて、いっそうがなり立て始めた。

しかしながらジュリエットは、この時間には窓辺で仕事をしているとぼくに言ったのだった。部屋の一部と、それにもう一つの窓のところに葡萄の葉が垂れ下がっているのがはっきりと見える。光っている蛇口と、ミシンの小さな輪、それに何だかよく分からない白い物体も見える。

何度か驚いた。通りを行く人々の窓ガラスへの反射を、室内を歩いている一人の娘の姿と勘違いしないのは難しい。しかし、こうした通行人は、突如その分厚い存在感をもって現われ、そのために一瞬、窓が見えなくなるのだった。それで、婆さんが入ってきたときもずっと影だと思っていた。腰をおろしたとき、その姿で二番目の窓の一部と垂れている葉が隠れてしまうまでは。

軍曹は話を続けていた。彼のつかう言葉が、その意味がよく取れないときにはいつまでも耳に残るのだった。たとえば「神の獣は鴨ではない」のように。ぼくは訳もなく、彼の座っている椅子の背凭れに浮かぶ木目を、右眼でも左眼も同じ結果となるように、眼で辿ろうとしていた。この種の待機にあっては自然さをまったく失ってしまうものだ。のちに取り戻せはするのだが。

その後少しして、お母さんが立ち上がって、あの光る蛇口を捻ったらしかった。すると、ジョルジェット、ジュリエットそしてアントニーヌの三人がやってきた。通りからほとんど走るようにしてだったので、三人というその数でやっと彼女たちだと分かったのだが。午後だったので見つめるのは容易でなかった。

しかしそのときぼくは外に出て、ゆっくりと窓の前を通った。思った通り、三人して庭の門のところからぼくを呼ぶのだった。中に入ると、ジョルジェットが思ったよりも背が低いことに気づいた。彼女は、その日曜日は顔に白粉を少し塗りすぎていた。しかし、そうしたことが気になるのは最初の瞬間だけだ。それに、ジョルジェットはいつも歓びに包まれていて、そしてその歓びが雲などよりもずっとよく彼女を護っている。

「それで、モーリスさんは？」

しかし彼は来れなかったのだ。ジュリエットもひとりでいれば良かったのだが。「『また会えるかしら？　わたしたちのことどう思ったのかしら？』って言ってたのよ」

「ぼくらも同じことを話してたんだ」

「トランプで占ってみたの、あなたたちにまた会えるかどうか。三度やってもだめだったのよ。信用してはいけないということね」

「でも、もしお母さんたちがいなかったら腕を組む気にはなれなかったわ」とジュリエットが言う。

ぼくは、これはとても鋭い指摘だと思ったが、同時に、ジョルジェットとアントニーヌに次のように話しかけていた。

「簡単に家が見つかったと思うわけ！　村中、いるのは雌鶏ばかりだぜ。一人だけ、女の子が、広場の三番目の家に木靴をぶらぶらさせながら入って行ったな。その子は、フードを脱ごうとして髪の毛に引っかけてしまい、ひとことも言わずに家の奥の方に逃げ込んでしまったよ」

「エスペランス・グランドレよ」とジョルジェットが言う。「少し間抜けなのよ、彼女は。想像してみて、こないだ彼女のポートレートをプリントしていると信じさせたのよ、ただの箱、黒いボール紙の箱だったのに」

彼女たちは三人して笑う。

「ねえ信じてよ。こないだわたし、一晩中眠れなかったのよ」とジョルジェットが言う。

「今年の素敵な神事の日だったのよ」とアントニーヌ。

しかしジュリエットはほとんど話をしない。それでぼくも彼女に何を言ったらいいのか分からなくなる。ぼくが好きなのは彼女なのだということを十分に示すことができない。彼女に対して、自分自身に対してそうなのではと危惧しているのと同じように無関心なのだろうか。

娘三人はビール瓶を一本持ってきていた。ぼくらは、コップを満たして、片肘をテーブルについていた。彼女たちの肘は素肌だ。婆さんはあまり暑いので、半開きのドアのところで、つまりなかば外で飲んでいた。ぼくは彼女たち自身のことを訊いた。

「アントニーヌとわたしは、すぐに友達になったわけではないわ。はじめは、ただ彼女が通るのを眺めるのが好きだっただけよ」

「でも一度、こんにちはと言ったのよ、返事はなかったけど。そのことをずっと忘れてないわ」とアントニーヌ。

「あーあ、もし男だったら、とても大胆にしたのだけれど。あなたのお友達はとても大胆ね、そうじゃなくて？」

外から見えていたあの白いものは、蛇口から水が流しに流れ続けていて、それが管に巻かれた長くて白い布を伝っているのだった。こうすれば水が跳ねることがないのだ。

「わたしは、初めの頃、ジョルジェットを少し変わった娘《こ》だと思ったわ。でも、それでも好きになり始めたの」

「でしょう？　いつも変だと思われるの」

ぼくはジュリエットの手を取っていた。力を入れて握ると、彼女はその手を引っ込めはしなかったが何か特別な生気を込めるということもなく、だらりと垂れるただの手のままだった。

窓を通して入る陽の光が傾き始めた。

「あんたはトランプで占いができるでしょ」とジョルジェットが言う。しかし、ジュリエットはすぐに怒ったような顔をし、少し間をおいて、それを言い触らしてはだめだという。

感じの良くない言葉だと思った。ジョルジェットのせいでたえず気が散っていたので、このように互いに傷つけ合ってしまうことがあった。もっともジュリエットはその言葉をぼくに向けたのではなかった。そうではなく、会話においてはジョルジェットに敵わないというぼくら二人に共通した感じ方が、災いとなったのだった。

ジュリエットは、しかし、トランプ占いをすることに同意した。「茶色の髪の女の子、やもめの婦人、郵便配達夫が来る」などと言う。「あら！　茶色の髪の女の子はまだ出かけてないわ」。ときおり話すのを止めて説明書を見つめた。「まだ、あまりよく知らないのよ……」

なんとジョルジェットは厳粛なことか。彼女はジュリエットの眼をじっと見つめている、両の手を動かさずに。そこでぼくは思った、「これほどの生命力。しかもこんな些細なことに打ち負かされ従順になっている。ぼくにはないこの秘訣は何なのだろうか」

それから別れる。「今晩はジュリエットが眠れないわよ、きっと」とジョルジェットが言う。ぼくはこの直截的なもの言いに不意を突かれた。こちらに阿っているのだとも思った。

ぼくにとっては次の印象が他を圧していた。すなわち、事は思っていたほど容易ではないという印象だ。すでにジャンヌに対して感じていたことにいくぶん似てはいたが、しかし、ニュアンスが異なっていた。

ジャンヌが訪ねてきたときには、重要な点に関してはあまり言葉を必要としなかったことが気に入っていた。こうして、物事を（と、心に思った）それぞれそのあるべき位置に置いておく方が率直であるように思えたのだった。すなわち、欲望に関することは行為に、そして――なんと――心に関することは言葉に任せるのだ。

しかし、むしろこのような見解からこそ自由になるべきなのだろう。その捉え方が真実であるためには、ぼくはまさしく性急で激しい本能を持ち合わせていなければならないだろう。そのような見解は何らかの弱みの口実であるに違いない。

あの午後は、いま思うと、自分が居合わせることなく起こったことのように、むしろぼくは窓越しにいたにすぎないように思える。終わり頃のジュリエットの仕返しさえ――彼女は、自分の方が優位に立ってもどうしようもなかった——それを彼女は自分で抱え込んでしまっていて、ぼくには何ももたらさなかったように思える。そのような贈り物を交わせるようになるにはぼくらは二人ともまだまだ遠かった。

おそらくその点においてぼくらはエゴイストなのだ。他人を、自分がより良くなるための機会とみなすからだ。(この物語の冒頭に、何らかの同じような欠点、まさに愛における欠点をおいてみてほしい。)

VI　窓辺のジュリエット

「ジュリエットのことは諦めねばならなかったのだ、そんな簡単なことはないではないか」と、ひとは言うだろう。それは分かっている。まさしくぼくにとってはそうするのが最も簡単で、容易すぎるほど容易なことだったろう。それに、別の男が——結局のところぼく以上に彼女を愛しているわけでもないのだが——代わって続けもしただろう。いったいぼくはこうしたことすべてに何を捜し求めていたというのか。まさに、その別の男、どこにでもいる男になることでないとすれば。

先に話した午後以前にもじつは彼女に一度会っていた。しかも、もっと大きなことを約束しているように思えた偶然によって。ぼくらはリュールから街までトラックでやって来ていた。ひと気のない通りを下って行く。と、ぼくらの立てる音に反応して窓が一つ開いたかと思うと、ジュリエットが窓枠に肘を何気なくついて、両手で頭を挟むようにしてこちらを見ている。ぼくは忙しそうな風をして行ったり来たりするが、それでも先に声をかけた。

「こんにちはジュリエット。ちょっと下へ降りて来ない？」

「だめなのよ。仕事をしてるの、ここで」

手を上げて、布地をぼくに見せる。

「教会で会おう、いいだろう」

「だめなのよ。このドレスを全部縫わなくちゃいけないの。今日はここで仕事をするわ」

「では道で、ほんのちょっとだけ、ジュリエット？」

「じゃ、五時になったら降りて行くわ」

彼女を待っている。なんと我慢強く待ち続けていることか！　もっとも、通りがかりの人とお喋りをする。こうすれば、彼女がやって来たとき違和感を覚えないですむだろう。

あの大きな薄暗い家が工場だ。（先程はトラックのせいで通りを震わせる機械音が聞こえなかったのだ。）女の子たちが、緑や赤や黄色の糸巻きを台の上に載せて、出てくる。

黒い服を着た女の子がやって来て、ぼくを見つめる。言葉を交わす。老女が洗濯槽から重い籠を引き上げている。

「ここに住もうかな?」

「工場の上の階の部屋をあげるわ」

「機械がうるさくて眠れないときには、部屋をノックしに行くよ」

(というのも、二つのタービンは、夜も昼も、四六時中作動しているからだ。)

「強くノックしなければだめだろう」と、ズボンも履かないで周りをうろついている小柄なパン屋が言う。

「でも、彼女が眠っているのを見に行ったことは一度もないの?」と、やや猫背の老女が言う。

「いや、あるよ。一緒に寝たとき」

「あら、お喋りさんだこと!」と、その女の子。

ジュリエットがゆっくり出てくる。青と白の格子柄のエプロンのせいでいっそう幼く見える。そこでぼくは少し遠ざかる。パン屋は地下倉に通じる入口の蓋を開け、老女は籠の上に屈みこむ。ぼくには、ジュリエットよ、もはやきみしか目に入らない。小股に歩み寄ってきて、先にぼくに言う、

「すぐに帰らなくちゃならないの、知ってるでしょ」

初めて逢って森の中で過ごした楽しいひとときが、どんなに素晴らしい思い出となっていることかとぼくは応える。

「もう二度と忘れられないと思うわ」と彼女。

暑さと不意であったこと、それに急いだこととで、ぼくらは愛に似た混乱を覚えていた。あるいは、

それは愛だったのかもしれない。腰に腕を回していたのだが、窓の縁のところで自分の住所を書こうと彼女が身を屈めたとき、髪と首に口づけする。

「ひとが見てるわ」と彼女。

その薄暗い部屋には、背の低い、浅黒い肌をした鍛冶屋が一人いただけだった。それがぼくには洞穴にいるよりも遠くの方に感じられた。

女中がひとり、バルコニーで絨毯の埃を振り落としていた。恋人たちが通り過ぎた。近くに来ると話すのをやめて、それから、少しずつ、独り言のような声でまた話し始めるのだった。

しかしジュリエットは帰らねばならないとおそらく心を決めていたのだ。そして、その気がかりにすっかり捕らえられていた。ぼくも、精力的であっても時間に遅れているときそうなることがある。

彼女はかなり横柄に答え始めた、

「若い人はみんなそう言うわ。あなたは他の人たちよりも心がこもっているの？」

「少なくとも愛していることはほんとだよ」

「あなたに愛の気持ちを吹き込むことができたことを誇りに思うわ」

吹き込むというような言葉が、他の言葉にもましてぼくらの間を裂きかねなかったのは明らかだ。

そう言うとジュリエットは足早に去っていった。

たしかにジュリエットに対して真の欲望を抱いたことは一度もなかった。彼女を求めていたのはほとんど義務感からでしかなかった。

彼女にはぼく自身説明がつかない欠点があった。言ってみれば、もし彼女が軽く足を引きずるとか、あるいは隻眼《せきがん》であるとかしていたら、その方がより自然に彼女のことを考えられたであろうと思う。そもそも彼女はきれいだったし身なりにも気を配っていた。しかしながらものの言い方が彼女を老けさせていた。

その数日後のことだが、ぼくが彼女の家の前を通る時刻に自分は窓辺にいると約束してくれていたのだった。それなのに、危うく彼女に会い損ねるところだった。ぼくは、彼女が自分と同じ方向に出てくるだろうと思っていた。それで、ゆっくり進みながら、ときどき後ろを振り返った。しかし、彼女の方は、ぼくが門を見張っているものと思い、出ると反対方向に急ぎはじめた。しばらくして互いに取って返し、再会した。「もちろん、ぼくらは……」と思った。しかし、すぐにそう考えるのをやめた。失敗や不器用を同情をもって、そしてそうすることによってさらに事態を悪化させながら考えるのは、一切やめにしていたのだ。(今度の不器用さは、むしろ偶然のなせる業だった。)

「今晩、ヒドラの泉に来て。七時にはそこにいるわ」とジュリエットは言う。

彼女が来たのはジョルジェットやアントニーヌと一緒だったことに文句を言おうとは思わない。それにこの三人のきれいな女の子たちと一緒にいるところを見られることに、少なからぬ誇りを感じてもいた。しかし、そのようなことは何をも豊かにしはしない。アントニーヌが持ってきた瓶に泉の水を汲む。お喋りをして、それからかくれんぼをして遊ぶ。松の樹の後ろでふたりきりになったとき、ジュリエットに口づけしようとした。が、彼女は、「呼んでる声がするわ」と言って、させてくれないのだった。

そしてジョルジェットが靴のヒールを失くした。見つけたのはぼくだ。坂の下まで転がっていたのだった。

「そのままにしておけば、きっと王子様が……」

「王族は今ではもう羊飼いの娘とは結婚しないわ」とアントニーヌが言う。

するとジョルジェットが、びっこをひきながら、早口に歌う、

「彼女の片足は木だった……」

しかしジュリエットは、ジョルジェットのお母さんに何も気づかれないようにするにはこのヒールをどう直したらいいか思案していた。


その夜彼女は髪に口づけさせてくれただけだった。

ぼくはこう考えた。彼女のうちに見出していた欠点は、おそらくぼくの愛情そのものの欠点あるいはその不足のようなものにすぎず、それを彼女の心に投影しているのだと。（激しい欲望は、逆に自分が選んだ女性に非常な美点を見出すものだ。）

ばかな奴は言うだろう、「分析しすぎるからだ。流れに身を任せなければだめだ」と。

まさにそのような指摘こそがぼくを刺激するのだ。それがなければぼくは大人しいままで、こう言った方がよければ高潔なままでいるだろう。もともとその傾向は十分にあるのだから。

彼女がオルモワッシュから帰った日は、なんと悲しい逢瀬だったことか。彼女は森に行こうとはしなかった。ややあって、

「だめ、だめ。しつこくすると、嫌いになっちゃうわ」と言う。そして自転車に乗って去って行く。ぼくは、徐々にその言葉にある種の優しさを見出した。その言葉を逆の意味にとるだけでよかったのだ。そしてぼくは思った。最初に会ったときには躊躇いなく口づけができた。ところが今では、彼女はぼくの手を握るのが精一杯だと。

これについては様々に意見があるだろう。が、ぼくは訊いた、「ジュリエット、ぼくにはきみという人が分からないよ。たぶん、別の誰かが好きなのだね」。すると次の手紙が届いたのだった。

ジャックさん、わたしが他の誰かを愛している、愛することができる、となぜお考えになるのですか。それに、もしそういうことなら、あなたに手紙を書くようなこともしません。というのも、わたしの心の中に席は一つしかないからですの。それであなたの方は？　あなたのことが少し好きですし、もっと好きになれるでしょう。しかし、そうなるのは、あなたがとても誠実な人だということがはっきりしたときです。それだからといって、わたしがあなたを疑っているとは思わないでください。でも若い男の人というのはとても移り気なものですし、とはいっても例外もあります。

ふだんのお仕事と、もし不躾《ぶしつけ》でなければお歳を聞かせて欲しいです。とても関心があります。

さようなら、書面で口づけを送ります。

ジュリエット

ぼくが軽薄な誘惑者たらんとしているのに、ジュリエットの方は、このように、ぼくを内気な婚約者と見なそうとするのだった。非難されるよりも遥かにこうしたことによって、ぼくは自分の正体を気づかされた思いがする。

（ぼくらがすっかり似通っていること、また、結局のところ、アヴァンチュールのない人生がどれほどぼくらには相応しいものであるのか、彼女は知っているだろうか。）

それに、指摘されるだけでいつも十分なのだということも言わないでおこう。

Ⅶ　シモーヌと喧嘩

男と男あるいはそれにもまして男と女のこの種のまったく特異な――それを特異であると認めないと他のことが複雑になってしまう――活動においては、かなり新鮮で純粋な活気に満ちた瞬間がある。それはことに朝に多い。（「夜がぼくを変えなければ、明日はかつてなく生気と自信に溢れているだろう」と思うような夕べもある。）一方、午後の始まりの活気は食事とワインが関係している。

その日のぼくらの活気はこの後者の類いだった。それはまた昼食の際の喧嘩に由来してもいた。その喧嘩がぼくらに一種の熱気を与えていたのだ。喧嘩や口論といった異常な出来事は、いま話した活動をさらによく知れば説明が容易となろう。そうした出来事は自分を鼓舞したいという、あるいはいみじくも言うように、それに見合った高さにいたいという内的な欲求に依っているのだ。男のほとんど唯一と言っていい欠点は内気なことなのだ。

同席した三人の女の子が映画を観に行ってしまったとき、デュフィは後に随いて行こうという意見だった。上映しているのが『ファントマ』であるだけになおさらだった。そこでぼくらは支払いを済ませ、レインコートと小包を抱えて急いで階段を降りていった。しかし一旦下に着くやモーリスが「そういえばコーヒーは？」と言うので慌ててとって返し、ぼくらはまた元の席につく。コートが、雑嚢とヘルメットそれにデュフィの拳銃とともに階段の片隅に置きっぱなしになった。

ここですべての動きが緩やかになる。正面のテーブルからうら若い婦人が立ち上がり、コート掛けの所へ行く。そしてかなりの大声で「あらっ、コートはどこかしら？」すぐには見つからなかったので、その女は両手を合わせてくしゃみをし、後ろ姿だけが見える男の傍に戻って座る。化粧した青白い顔をしている。ふたりに相対して男と女がいるが、その顔も、彼らと同様、精力的ながらも痩せていて醜い。

ところがその女は座ったと思ったらまた立ち上がって、今度は次から次へとマントやコートをすべて壁から外しにかかる。自分のはなかったらしく、しかめっ面をして声を荒げて言う、「わたしのコート！　百四フランのコート！」

それから外に出て、ほどなく戻ってくる。衿を握ったコートを引きずりながら。「それでどこにあったかって？　あそこ、この人たちの荷物の上よ」。こうしてぼくらはこの事件に巻き込まれてしまった。傍観している分には良かったのだが。侮辱されたと敏感に反応する癖をぼくはつけねばならない。彼女の言ったことにまだ思いを巡らし、どうしてコートがそこにあったのかと自問している――まったく無駄なことだが――。と、デュフィがさっそく抗議して「あんなあばずれとの話はごめんだ！」と男に言う。すると、そいつは立ち上がって叫ぶ「目にもの見せてくれる！」ぼくはデュフィの脇に寄る。しかし向こうはかかってきやしないだろう、仲間に腕を押さえられているし、宿の主人が二人の間に割って入ったのだ。「わたし、ちゃんと仕事があるのに」とその若い女はひどく嘆く。

　ぼくらは立ち去って、汽車に乗る。

（ここで言っておかねばならないが、コロンボットに着くまでずっと、あばずれという言葉を使ったことは自分に許せないとデュフィは繰り返していた。ぼくとしては、逆に、そのことを羨んでいたのだが。

　その嘆き方は激しく、ほとんど嬉しそうであったが、それはおそらくあの語を発したということに、またあの不実に腹を立てたことで得た活力に、由来していたのだ。）

　サン・ルー駅で、低いところを流れる川を眺めて楽しむ。老婆が一人、戸を大きく開け、俯いて、部屋の陰で細かい刺繍をしている。家の前には、長くて高い木の橋が架かっていて、そこを一匹の犬が駆けている。ちょうどそのとき、女の子二人がぼくらの車両に乗り込んできた。それから間もなく、若い方はシモーヌという名であることを知った。

列車が揺れて、動き出す。シモーヌはいきなりモーリスの膝の上に乗った恰好になった。しかし驚きもせず無邪気そうな様子なので、ぼくの方が驚く。モーリスは、彼女に単に「もしここにいたければ、最高の席ですよ」と言っただけだった。彼女は、喋らずに、ゆっくり左右を見回していた。しかし一緒の友達に注意されると立ち上がって、マルタンの隣にきて座った。モーリスはその隣に席をとった。デュフィは友達の方に話しかけていた。シモーヌがもっぱら聞き役に回っているので、マルタンとモーリスがすかさず付け入って話している。喧嘩の話をし終えるとすぐ、ぼくらはまだその件で頭が一杯だったが、モーリスが恋愛とはどういうものかを定義した。するとマルタンが手帳を出して読み上げる、「もし人生が音楽に変わるとすれば、その四分の三はため息となるだろう」

「ああ！　ほんとにそうだわ」と友達が言う。ぼくも一緒に感動した。少なくとも感動しようとした。こういう点で文学は役に立つものとなるのだ。マルタンは続けた、

「女とは、お喋り《バビィユ》して、服を着《アビィユ》て、服を脱ぐ《デザビィユ》存在である」。なるほど。シモーヌが静かに、遠慮がちに笑い出す。おそらく、ある欲望の表現が不器用で愚かであればあるほど、その欲望そのものを感じるのだ。そうした表現に甘んじられるほどに強い欲望を。女たちはそんなふうに感じているのかもしれない。マルタンは読み続け、新しい定義のたびに、四角い頭を持ち上げてはシモーヌを意地悪そうに見つめるのだった。

「人生とは涙を流しながら皮を剥いてゆくところの玉葱である」

そこでぼくは思った、「自分にはこうしたことを読み上げるだけの勇気がいったいあるだろうか。だから女とうまく行かないのだ」

さらにマルタンは続けた、

愛とは、目から滑り込み、心臓に入って、
小便をするところから出て行く毒である。

そしてまたあの意地悪そうな様子をした。彼は適切な考えとそうでない考えとを区別もせず、ただこうした役に立つ文の中に一種の神秘を見ていたのかもしれない。シモーヌは自分自身のことはあまり話さず、その苗字さえぼくらに教えてくれようとしなかった。モーリスがその帽子を誉めても、友達の方が「彼女は自分でリボンを染めたのよ」と言う。そしてまたデュフィの耳元に囁き続ける。歯が二本、彼女には欠けていた。

このときモーリスが空んじている物語を話して聞かせた。

「こんな話もあるよ。司祭が、先日の日曜日、ミサで言ったのさ。『ミサが終わると、若者たちは野原を駆け回り出す。女の子たちはさくらんぼを取ろうと梯子に登る。男の子たちはその下にやって来て、叫ぶ、《見えた!》皆さん、彼らには何が見えたのでしょうか。大きく開かれた地獄の門であります。しかし、これからはこうは行かないでしょう……(ここで、しばし間を置く)……女の子たちが下にいて、男の子たちが上に登るでありましょう』」

するとシモーヌが大声で、「わたしも病院で、男の子が起きあがるとき、『丸見えですよ、丸見え！』と叫んだものよ。見えるとほんとに恥ずかしいものよ！」

友達がデュフィと話すのをやめて言う、「シモーヌは看護婦なのよ……」

こうした間、ぼくはシモーヌを見ているのが楽しく、機会があればその姿をじっと見守っていた。列車はすでに速度を増していた。ときおり川や滝が見えて、心楽しんだ。またある洗濯場では、ぼくらを眺めようとする十一人もの女の子の顔が見えた。それにあの森。もっとも、降りて散歩できたかもしれないとは考えなかった。

あるとき、ぼくはシモーヌにこう言った。

「あなたの目の色は、そう思われているように、青くはないね。海藻の上の水の色だよ」そのお返しに彼女がとても優しい目でぼくを見つめたので、モーリスがこう言う、

「腕を組み合うような眼差しを交わし終えたときに」

ぼくらは同じ駅で降りた。シモーヌと友達の女の子はぼくの仲間三人に連れられて行った。ぼくは、かなり青白い顔をした幼い女の子、おそらく友達の子供だろうが、その子を引き受けた。そして、その人形――「ブルエット」と呼ばれていた――が入っている網袋を持った。ぼくらが些末事にかまけて放っておいたせいで、その子は気まずそうな様子をしていた。

子供を引き受けるには自分に満足していることが必要だ。なぜなら、ごまかしても何の得にもならないので子供は評価が厳しいからだ。子供を相手にしたときは自分が前面に出て大人振ることが避け

られないからでもある。危うく喧嘩しそうになったせいでぼくには自信が満ちていた。

いまあらためてあの喧嘩を思い返してみると、ぼくらが間違っていたことはまず確かだ。おそらく、自分のと一緒にあの女のコートをぼくが持って行ってしまったか——二つとも同じ色をしていた——、あるいは、映画に行くときに、ぼくらの女友達のひとりが場所を動かしてしまったのだ。しかし、その喧嘩はまさしく不当なものだっただけに、あの内的な力をぼくに与えてくれていたのだ。（裁判においては、自分とは無関係の規則や作法に従っているかのようで、自分がいささか機械的な存在であるように感じられてしまう。ところがこの場合は、自分が存在していることを実感させられたのだ。）ぼくには滅多に訪れることのないこの歓び。しかし他の人たちにはあまりに馴染みのことで、もはやほとんどあらためて意識されることもない。デュフィのように自分は何々をした、どこそこにいた、という風にはぼくは普段考えないし、またそれを物語るにふさわしい声も持ち合わせていない。

Ⅷ　誘い

駅のあの喫茶店でベネディクティン酒を二杯、さらに二杯と杯を重ねていると、ぼくらの乗るちっぽけな列車が来て、汽笛を鳴らす。

いつの間にかシモーヌはモーリスの代母となることを承知していた。それから、マルタンから写真を渡されるが、自分では目もくれずに、立ち上がってぼくの目の前にそれを置いた——様々な体位が写されていた——。首をぼくの唇に触れるほどに傾《かし》げながら。

そしてぼくらは別れた。が、シモーヌはそのときぼくを引き寄せて、こう言う、「今晩来て、道は友だちが知っているわ。他の人には何も言わないでね。待ち合わせは路上にしましょう。九時過ぎてからにして。他の人には何も言わないのよ」。そしてゆっくりと、舌を使いながらぼくに口づけする。

事態は書き記してみてそう思えるほど単純ではなかった。とりわけ、そう見えるかもしれないが問題は単にシモーヌの「側」にだけあったのではない。しかし、彼女がぼくに身を任すことを初めから期待させたのは明らかだ。ジャンヌとは幾度か会ってもほとんど進展せず、ジュリエットとはむしろ逆に後退して行ったというのに。こうしたことは自分の性格の欠点に因っているのかもしれなかった。ぼくは不意を衝かれたときにしか上手く振舞えないというわけだ。

自動車教習の第一回目に、言うところの「大いなる素質」によって、先生をはじめ皆を驚かせたことがあった。しかしその後、彼らは落胆させられたのだった。自分でも最初に到達したレベルを超えることはできないと感じていた。せめてそのレベルを保てれば万々歳だった。

ジュリエットにも似たような失望を与えていたということは十分にあり得る。内気を口実としたところでこの状況の説明にはならない。それ以上に無意味な言葉はまず見当たらない。場合によっては大胆になることもあったのだ。しかし、それを習慣として身につけることはなかったというわけだ。

そして、おそらくは気紛れなものに他ならないシモーヌのこの選択を、ぼくが自ら引き受けたということに驚かれるかもしれない。しかし、のちに分かるように、ぼくは間違っていなかった。愛においては、活気のない長所などありえないのであり、美しさや力といったものも今しがた話した活力を伴っていなければ何にもならないのだ。いやそれどころか、マイナスに、ひとつの障害にさえなってしまう。盛装するに値する人物であると心の中で思えないのに盛装しているときのように。美しさやエレガンスはひとつの約束なのだ。出発点であって終着点ではない。

IX　シモーヌの夜

ヴェルマンフロワでのあの一週間、よく食べ、飲み、また夜ごと愛を交わしたものだが、ぼくはそうしたことを自分を超えて、自分とは別の者として受け取り、また与えていた。まだ完全にはそれらを習慣とすることはできず、いずれもまったく自然なこととは思えなかったが、しかし、あまりにもうまく事が運びすぎていたために記憶から消えかかっていたのだ。あの思い出をすぐにも書き記すべきだった。それは自分が居合わせることなく終わってしまったのだ。

別の、自分本来の生活に戻った今……

道を曲がるたびに、マルグリットとシモーヌがぼくらを待っていると約束した十字路が現れると思ったのだが、毎回それはぴょんと遠のいてしまうように感じられた。着くまでにたっぷり五キロは歩いた。

道が水に浸かってしまっている箇所があったが、それについては話すまでもないだろう。嵐が新たにやってきたとき、ぼくらはある村の洗濯場の陰に隠れるだけの余裕があった。

ところが彼女たちはすでにそこにいた。「やっと来たわね」とシモーヌがぼくに言う。もう夕方で、ぼくには彼女の顔がほとんど見えなかった。道はそこから急な登り坂となって、新たな村へと続いている。

荒れた広場は、粗く刈り込んだ生け垣に囲まれていたときの形のままだった。教会は狭い丘の上にあった。家並がそれなりに続いていて、そのうちの一軒の納屋がその教会なのだった。二軒の家の間から、かなり遠くに、ひと群れの樅の樹と透明な山並みが見えた。「あまりくっついて歩かないで」とマルグリットが言う。

鑢《やすり》をかけられほとんど眩いばかりになっている材木置き場——それほどそこは広場の中で最も明るい場所だった（年寄りが二人、それに寄り掛かっていた）——のすぐ傍を、シモーヌは一本の道を辿る。そしてぼくらをさらに高い所、門のない一軒の家の前に連れ行く。「着いたわ」とひとりが言う。

シモーヌが蓋いを開けると、ほんとに乱雑な三段の踏み板がイラクサの間にあった。「見られないためよ」と彼女が言う。ぼくらは針金や樽、麦藁や古びたベッドなどで雑然とした地下室を通って進んだ。先頭のマルグリットが蝋燭をかざしている。

寝室に辿り着く。大きな窓と、外から見えた白いカーテンがある。ほかには、カバーで覆われたベッドが二つと艶のある棚の上に花柄のスープ皿が二枚あった。

ぼくは移動する間のどんな些細なことにも注意を怠らなかったが、それら些事こそが自信とシモーヌに対する優越感のようなものをぼくに与えてくれ、おかげで思うがまま彼女に話をすることができた。それにそもそもぼくは身動きが素早くなく、アヴァンチュールが他の人よりもゆっくり身に起こってくれる必要があるのだ。

あとの残りは異なった仕方で、異なった言葉で、むしろ言葉とは別のもので書かねばならないだろう。

いや、おそらくそう考えることが誤りなのだ。逆に、まったく同じ仕方で書かねばならない。そして先に話をした推移が存在せず、すべてが同一の次元で連続して起こって、絡み合っているような振りをせねばならないのだ。（誠実さとは、この場合、諦めることであり、一種の自己放棄なのだ。たとえば、怪我をした人が、まず奮い立とうとして「何も感じない、何ともない」と繰り返し自分に言い聞かせ、つまり嘘をついて前へ進んで行くように。「どうした？」と調べようとするだけでたちまちまた転ぶのだ。）

したがって同じ仕方で話すことにする。しかしながら、ときには、物語の陰にこの努力を想像して欲しい。

シモーヌは、十字路からというもの気まずそうな、またほとんど動物的といってもいいようなあの不安を浮かべていた。こちらの話など碌に聞かないのに、その一方でじっとぼくを見つめるのだった。

「ねえ、ベルトとコルセットを外したわ」と、早口で知らせてくれた。それも、教えるような口調で。

彼女の体は生暖かい。服の上から胸を愛撫すると、それがふくらんでくるのが手で感じられる。向かい合って立ち止まり、唇を重ね合わせる。

「今夜は、胸に口づけさせてくれるだろう?」

彼女はそうした回りくどいやり方はとらない。そうではなくて、シャツを開き自分で右の乳房を出して、手に乗せてぼくに差し出してくる。

さらに歩いていると、愛撫し合いたい欲望が再び湧いてくる。ぼくの手は今度はストッキングに沿って上がっていき、ガーターを越える、

「きみの脚はなんて気持ちいいんだろう!」

そしてぼくは腰のところに片手をおいて彼女を支えるが、と、その腰は二つに折れて、ぼくに寄りかかった格好で崩れそうになる。

「ここがきみのお腹だね」

「ええ、そうよ、あなたのものよ」

「でも、今夜はきみをすべて見られるのだろう?」

ぼくのこの言葉に、彼女は驚く。その疑いに、と言うべきだろうか。「わたしは健康よ、あなたも健康だと思ってるわ」と、感じのよくない厳しさで応えてくる。

ぼくらは部屋の手前のベッドを選んだ。デュフィとマルグリットはもう一つので我慢した。とても激しくまた長く抱きしめ合ったので、ぼくの膝頭は汗で濡れているのが感じられた。

なぜ今宵またあの地方を思い出すのか、分からない。たぶん、まだ明るさが残っていると知ってはいるのに実際はとても暗い、あの夜のせいだ。それに、丘の上で燃え上がるあの火のせいでもある。それぞれの村で堀の回りに火を燃やし、子供たちが歌いながら村から村へと呼び交わしていたときの、今宵と同じような夜を覚えているのだ。

しかし、シモーヌと過ごしたあの夜は初め荒れ模様だった。稲妻の光で、窓辺から激しく揺れ動く二本の樹の根元に、黒い水溜りが見えた。その後、その稲妻はとても頻繁になって、その輝きとともにやってくるのが暗闇であるかのように思えたのだった。のちに嵐が止むと、月明りに長くのびた平原が広がっているのが分かった。

ぼくのこまやかな最初の言葉は――シモーヌがぼくに身を任す用意のあることを疑っているように思われる言葉だったが――彼女に疑念を抱かせた。しかし、それによって、逆にぼくはずっと自由になったような感じがして、彼女を易々《やすやす》と抱くこともできたのだ。

シモーヌを失望させないようにと心がけてばかりいた結果、彼女は申し分なく幸せであるのに、ぼく自身はそれには程遠く、少なからず冷ややかな気分のままだった。朝になったときには、まだ一時間も眠っていなかったと思う。シモーヌを見つめて飽きることはなく、しばしばもっと見ていたいという執拗な思いに駆られた。それがこの上ない歓びだった。ほかのことはあまりに長く続きすぎて、ついには退屈することさえあった。しかし、シモーヌはその逆だった。彼女は絶えずもっとゆっくり、さらにゆっくりやるように言ってきたのだった。ぼくはそうするよう努めた。

彼女の体や顔は非常に新鮮だった。それにあの繊細さがあった。おそらく頭脳にはその繊細さは欠けていたが。「気を失っているときにわたしが口にすることを気にしちゃだめよ」と言ったものだ。じっさい気を失うことはしばしばあって、そのときは震えながら、ほとんど呻きもせず、単にぼくの耳に口を寄せて「だめ、だめ」とだけ言うのだった。

デュフィが蝋燭を点して、食事にしないかと言うと、シモーヌは彼のところに跳んでいった。短いシャツ姿で、次のように歌いながら。

四角でも、丸でも、尖ってもなくて、
卵形なのよ、あたいのものの口は。

彼女もまた、遠慮していないように見せようと努めているらしかった。「それで自分は……」と、ぼくは思うのだった。

マルグリットの方は、起きる前に必ず髪に櫛を入れたものだ。デュフィに口づけしたり、その髪を撫でたりすることがしばしばだった。それから夜になってしばらく泣いたが、その理由は言わなかった。そういえば、シモーヌもほとんどぼくの問いに答えていなかった。それに、デュフィが言ったように、同じ一つの部屋にこうしてベッドが二つあってはなかなか正直にはなれなかった。

朝になって、羊飼いがラッパを吹きながら村を回っては家々から豚肉を分けてもらう頃、ぼくらは彼女たちと別れた。ところで、これは長く続く勝利なのだろうかとぼくは心に問うてみる。また、夕方になるたびに「今朝に比べればなんと良くなっただろうか」と独りごつ。しかし、たぶん、独りいい気になっているのだ。あるいは、もしも夜の間にすべて失われてしまうのだとしたら……

X　リュースとぞんざいに扱われた子

世渡りをたちまち覚えてしまう人たちがいる。そう言うだけでどのような人たちか思い当たるであろう。そうした人にはある種の下品さがあるように思われる。そしてそれを取り除くには、長患いするか不幸に見舞われるかする必要があるのだ。ぼくはといえば、現実に到達するのに手間どるにしても、少なくともどのようにして到達するのかはかなりはっきり分かっている。

たしかに、今ではむしろこうしたアヴァンチュールの他の側面が、そのときにはほとんど気に懸けなかったことなのだが、ぼくの注意を惹く。たとえば、幼いリュースが弟をなんとかして転ばそうとするそのやり方だ。最初に乳母車の上から転げ落ちたときには頭の骨を折ったのではないかと思った。しかし何分間か泣いただけで済んだ。するとマルグリットが帯のようなものにくるんで乳母車に結わえつけたのだった。それから彼女はデュフィの方へ戻った。弟は間もなく眠り込んだ。まだほんのふた月かみ月の子に違いなかった。

しかしいつか心から正直に彼女と話し合わねばならないと思っていた。そしてそこにこそぼくらの愛の将来を見ていた。というのも嘘は真ほど繰り返さないからだ。それにぼくはシモーヌを自分と同じような人間だと考えていた。つまり、一緒に学んでいるように思えたのだ。ある欠点を免れるために生きることは快適な生き方ではないし、容易でもない。自分自身のことを少し考えすぎることに繋がるからだ。また、シモーヌをひとりの仲間と見なすことがぼくにはほとんど精一杯の寛容さだった。しかし、シモーヌにはそのことがよく分からないようだった。というのも、違う心配事があったようなのだ。最初の夜、たぶん不器用にへりくだって、

「きみが好きなのはぼくなんだろう」と言うと、彼女は苛立って、

「何を言いたいの？　大勢いると思って？」と答えてきた。

ぼくが黙っていると、彼女はさらに続けて、

「わたしが身を任せたのはあなたが最初よ。疑ったりしないで」

こうした言葉に現れている心のあり方の違いに、ぼくの困惑は極まった。

男の子を紐で括りつけるマルグリットを手伝ってから、シモーヌとぼくは庭へ降りる。今ではぼくも認められていて正門から出入りしている。言いたい者は何とでも言うがいい。そもそも、昨日のことだが、村で子供がマルグリットに向かって叫んでいた、「知ってるよ知ってるよ、二人の兵士と寝たでしょ！」

そこでぼくは「友だちは何人いるの？　親友のことだけど」と訊いてみる。

「マルグリットが一番の親友よ。もうひとり大好きな人がいるけど、アメリカへ行っちゃったの。わたしを芝居の道に進ませようとしたのは、そのひとよ」

「友だち付き合いが良いんだね。頭にくることはない？」

「よくあるわ、でも、怒って当然のときにいつも怒るというわけでもないわ。むしろ、優しすぎるのね」

ぼくはさらに訊く「きみは正直かい？」

すると、彼女はいきなりこちらに向き直って、

「どうしてそんなこと訊くの？　嘘をついたことなど一度でもあって？　わたしの言葉はすべて誠実で、嘘なんかじゃないわ」

こうして、すぐにすべてが終わってしまうことになり、自分でも何を言おうとしていたのか分からなくなる。なぜ、彼女は杓子定規の物言いをするのであろうか。

いや、そうなのだ、ぼくは誰も完全に正直ではないと言いたかったのだ。ぼく自身も……。彼女には何を言ったところで無駄だろう。また別のときに……。ところで彼女は、ほら、溝を跳び越え、歌

っている、
カイロ街を通るときには、
入るか出るかしなくちゃならない、
身を捩れ。

そして、とても魅力的に体を振る。
「マラガ酒を一杯どうだい？」とデュフィが大声で話しかけてくる。

幼いリュースはワインは欲しくなかった。疑いの眼差しで、部屋を行ったり来たりしている。あとで彼女が誰かに話しはしないか心配ではないのかとデュフィが訊くと、マルグリットが答えて「父親に一言でも話すところを見てみたいものだわ！」

そして彼女はその父親のことを非常に軽蔑した口調で「あんなことをしては、もうわたしの夫だなんて思わないわ」と話す。もっともリュースは、一、二度、肘掛椅子の上に人形を座らせその眼をこちらに向けて、こう言う「ブルエットが今、あなた方を見ているわ」

「リュースは学校へ行ってるの？」と訊くと、マルグリットが答えて「リュースは色々知らなくてもいいのよ。帰って来れればそれで十分よ」

村に友だちもいないに違いなかった。こうしたひとりぼっちの幼い少女に感じられる、出番を待っているばかりの愛情とは何と魅力的なことか。しかしぼくは再びシモーヌを外に連れ出す。

そしてぼくが訊くと、「思っていることをすべて手紙に書くわ。でも、待ってて」と言い残して去って行く。

なかなか戻ってこない。家に近づいてみる、音を立てないようにして。すると玄関でリュースが、男の子の上に屈み込んで「遊ぼ、遊ぼ」と、その目を覚まさせようとしている。そして結わい紐を解く。シモーヌは戻ってこない。用がある人みんなに「待ってて下さい、あとで手紙を書きます」と言えたら、それがぼくには理想だった時分があった。しかし一度もそうはできなかった。シモーヌはどこでその勇気を得たのだろうか。それに、今度は本心からだと誰が知ろう。

そのとき、相変わらず彼女を待ちながら次のような問いが頭を過ぎった。はじめは不思議とも何とも思わなかったことなのだが。「十二歳の子がいて当然の母親は誰なのだろうか？」リュースは帰りかけていた。客間のドアの後ろから頭だけ出して「ヴォヴォ！　ヴォヴォ！」と男の子を呼ぶ。と、シモーヌが戻ってきた。

「まだズンズンやってるのね。夜になるのが待てないのだわ。はい、これ」とだけ言って立ち去る。

「愛する人」と、その手紙には書いてあった、「もう決して離ればなれになることはないかのようにわたしたち二人が抱き合ったベッドを見ると、辛くなって、きっと小鳥は飛び去り、もう二度とお会いできなくなるときが来るのだろうと思ってしまいます。

なぜ、他の誰かではなくあなたを愛したのか。なぜなら、ただ単に、生きている間には長く誰ののでもなかったこの哀れな心が戦きと煌めきに満ちるときが来るから……」

このとき、部屋の中を走る足音が聞こえてきた。それから家具を動かす物音が。マルグリットが嘆く「あんな石がすぐ近くにあるなんて！　死んでしまったかもしれないわ。リュースったら全然見てないのだわ」

子供がまた転げ落ちたのだった。間もなく喚き始める。シャツ姿のマルグリットは、今度はすごく動揺しほとんど泣き出さんばかりだ。リュースはドアの陰かどこかで反省しているに違いなかった。

「おそらく」と、シモーヌは続けていた「わたしは、あなたにとって、一羽の渡り鳥でしかないのでしょう……」

まだ不器用ではあるが、どうにかして美しい文章を書こうとするシモーヌのこの姿勢、この努力が好ましい。また、それによってぼくらの愛が完成され洗練されて、基本はこれまで通りながらも新しい側面でぼくに触れてくるように思われる。

XI　シモーヌの繊細な心遣い

このところ、秋が激しく夏とせめぎ合っている。実をたわわにつけた林檎の樹の中には根元にガラス製の大瓶が付いているのが幾本もあり、それにそれらの赤い玉が奇妙な形に映っている。（雀を怖がらせるためだという。）昨日は空が灰色で嵐模様だった。

しかし《七馬宿》がある楡の森まで行く。シモーヌが今日会いに来ると約束したのだ。ぼくは待つ。最初のうちは心軽やかだ。その上空を幾多の同じような白い蝶が舞っているウマゴヤシの畑を眺めて楽しむ。それらの蝶はじつに数多く、互いに糸で繋がれてでき上がった一枚の織物のように見える。そしてその織物が、幾千ものところで浮き上がっては、また別の幾千ものところで沈んだりしているのだ。広場の傍を通るとき、シモーヌがジュリエットと水車小屋のジャンヌを相手に大いに談笑しているのを目にする。ということは、彼女たちは友達同士なのだ。でも、どんなことを言い交わしているのだろうか。聞こえることといえば、ただ「切りがないほどなのよ、切りがないほど……」というシモーヌの声だけだ。

ぼくの姿は彼女たちの目に入らなかったのだ。

時は去って、また戻ってくる。今ではもはやこの森に魅力を覚えはしない。というより、その魅力を理解はするが実感せず、かなり頑固にここにじっとしている自分を感じている。ジュリエットとぼくは、初めて宿屋から帰るとき、この道を通ったのだった。一昨日、彼女は手紙をくれた。彼女はぼくが会いに行くことをもはや許してくれないのだ。とはいえ、その手紙で「とてもいい友達でいましょう。それに、信じて欲しいのですが、最初の森での出会いを忘れはしません」。そしてつけ加えて「ごめんなさい、わたしって言葉少なな の。でもわたしの手紙はわたしの話と同じよ」

ぼくは待ちくたびれて家に帰ってしまう。五時頃、シモーヌがやって来る。そして言うには「今日はとても忙しかったのよ。怨まないでしょ？　それに、自転車が故障して……」。彼女はその日、シモーヌという自分の名前がシャツに刺繍してあるのを見せてくれた。「見えるでしょ、おばかさんの名前が至る所に書いてあるのよ」。二度目か三度目に見る若い女性は胸が大きくなったように思えるものだ。

「今日は一人では出て行かないわ」と彼女は言う「あなたに追い出されるまでは」。とはいえ帰ってしまう。

シモーヌを待つ間は焦慮のあまり彼女に思いを馳せられない。一方、別れるや、安心して別のことを考え始める。そういうわけで彼女のことをよくは知らず、思い描くことができない（逆にジャンヌやジュリエットなら目に見えるようなのであるが）。彼女に関して分かるのはきれいなひとだということなのだが、その印象も最初のときほど鮮明ではない。

さて、食事に行こうとぼくも外に出るとマルソ夫人に出逢った。夫人は乾いた下着と、畑の前を通るときにシャベルで掘り起こしたジャガイモ一籠を家の中に入れようとしている。「ジャックさん、それじゃ、お昼は聾だったんですか、何も聞こえなかったとは？」

「マルソ夫人、何が聞こえなくちゃならなかったのですか？」

「何ですって？　小鳥の森で、きれいなお嬢さんがあなたを探していましたよ。マーストさんをお目にかけませんでしたかと訊かれたのよ。わたしが誰だかちゃんと分かったのよ……」

待ち合わせの示し合わせがまずかったのだと思う。楡の森だとちゃんと書き、略図まで添えたのだった。しかしシモーヌはその略図が読めず、すぐにマルグリットが「森ね、どこか知ってるわ」と言ったに違いない。こうしてシモーヌはぼくの手落ちの責任を自ら取ろうとしたのだ。

また別の日の午後、部屋で本を読んでいるとシモーヌがドアをノックして入ってきた。「こんにちは、お嬢さん」と挨拶すると、彼女はそれに答えて、そしてすぐにワッと笑い出す。「なぜ笑うんだい？」「わたし、馬鹿ね。わたしも『こんにちはお嬢さん』て言ってしまったわ」。そうだったかもしれないが気づかなかった。「眠らない？」と訊いてきた。妙なことだが、これ以上はできないほど強く抱き合っていながら、彼女はぼくがときに口にした甘い言葉をよく聞きとれず、繰り返し言わせたのだった。ほかのときは、彼女はたいていいつもぼんやりしていて、難しいことは何を言っても無頓着も同然だった。

しかしながら「あなたにとって、わたしは一羽の渡り鳥でしかないのでしょう」と言ったことがあった。そしてぼくが結婚しているかどうか訊いてきたのだったが、その場で考え出した何かを話すというよりは慣習に従っているだけのようだった。仕事や生活のことなど、ぼくについて何かを知ろうとしているのではなかった。じつに彼女の愛情は気まぐれなもので、ぼくを抱きしめたり口づけしたりするときに覚える感動や、次の日もまた会う許しを得るときの激しく切ない執拗さなどに、それはとくに現われるのだった。

ぼくが話すときにはあくまで優しい様子をした。今や一人前の娘となって、初めの頃のようにシャツをはだけてベッドから跳び降りたり、部屋の中を跳びはねたりしてはぼくのことなど忘れてしまう、というような気紛れはもうなかった。さらに、ぼくが初めての相手だと言うのだったが、そのことにぼくはもうさほど驚かなかった。

しかし彼女はその日、ずいぶんと話があるのだった、「ねえ、ちょっと想像してみてよ、夕べね……」

その夜、デュフィが彼女たちを訪れたのだった。

「隊長が、知ってるでしょ、わたしの自転車を直してくれた人よ、その人が十時に立ち寄って、戸口に石を投げたの。デュフィが跳び起きて、何があったのか調べるために家の周りをぐるっと一回りしたってわけよ」

彼女は笑う。

「でも、夜中に、猫が食器棚から跳び降りてお皿が三枚割れたの。『どうしたんだ？　何の音だ、今のは？』そして、しばらくは何も言わないで、耳を澄ましているのよ……」

なんと恭しくぼくに寄り添ってくることか――それに、あの妙な身の運び、腰の上に崩折れてしまいそうだ。それほど弱々しく、また優しく、困惑しているように見える。思い出すがこれこそシモーヌなのであり、あの軽薄さは本来の彼女ではない。

戸口まで見送って戻る際、ついでに鏡を覗いてみた。顔に白い粉が何箇所か張りついている。彼女が入ってきたとき、髭を剃り終え、水で流すのを忘れていたのだ。そういえばシモーヌは笑い出したのだった。彼女はあのとき、ほんとに「お嬢さん」と言ったのだろうか。この自然な嘘でどれほどあの繊細さが増したことか。それは、ぼくに向けられた新しい繊細さとなったのだ。

XII　窓を明け放った夕べ

それではぼくは以前より巧みであったり執拗であったりしたのだろうか。今日、別れしなにその指を掴んで眼に押しつけていたとき、ジュリエットは「そう、今晩来てね、ジャック。でも、愛するものすべてにかけて、わたしと結婚すると約束してくれなくちゃいやよ」と言ったのだった。

ぼくは何も約束しなかったし、おそらく今晩は行かないだろうよ、ジュリエット。しかし、もし自分にさほど自信がなかったり、あるいはジャンヌがいなかったりしたら……正直であるためには大いなる自信が必要なのだ。

シモーヌと会ってはその肌を撫でるということがなくなるや、彼女に思いを馳せることもなくなった。そのことは自分で思い定めた義務の内には入ってなかったのだ。こうしたアヴァンチュールにもっと慣れていれば、おそらくぼくもより洗練され繊細であっただろう。それでぼくはこう考えた。有徳の士とは、ほどほどに心地よく放縦であることのできないような人なのだと。

そうこうするうちに、ときにまたジャンヌのことが気になり始めた。ヴェルマンフロアを去る前に、さらに数度、彼女に会っていたことを言っておかねばならない。これら最後の出会いがぼくにとっては新たな意味を帯びて、まだ思い出が終わってはいないように思えた。そのおかげで思い出が完全に思い出と成り了せて、その後消え行くことができるような、そんなあるものを待っているようなのだ。


嵐の始まりの妙なひとときだ。大粒に落ち始めた雨が上がり、重く垂れ込めて躊躇うようなあのひとときだ。しかし雷鳴はまだ鳴り響いている。と、隣の部屋がにわかにおしゃべりで騒がしくなる。みんなが帰ってきたのだ。

こうして、嵐に不意打ちされマルソ夫人の家に避難せざるをえなくなったジャンヌに出会ったのだった。ぼくはその晩、喉が痛かった。

すると、「わたしはいつも治るわ」と彼女が言う、「夕方、ストッキングを脱いだときに、それをすごく熱くして首に巻くのよ」

部屋にやってきて、ぼくが読んでいる本を眺める。腰に片手を回して彼女を引き寄せる。しかしまたしてもそれでお仕舞いだった。

嵐がいっとき、止んだ。ジャンヌは、また激しくなるのを恐れて駆け足で帰った。マルソ夫人から黒い雌鶏を借りることにしていたのを思い出し――明日、暖かい卵を食べるのと言っていた――、驚いているその雌鶏をまるで帽子か何かのように頭の上に押さえつけて持ち帰って行ったのだ。

続く日々、水車小屋からのぼくの注意は、ガラス窓にその影が映る長柄の鎌、あるいは堆肥の山、扉の前の大きな黒い石など、生き物でないものに向かっていることが多かったことを思い出す。ある晩には鶏小屋の中で眠っている雌鶏が土製の壷のように丸くなっていた。そしてジャンヌの顔の欠点も以前よりよく見えた。お父さんと同じように右眼の上にでき始めたあの疣、それに額の隅の感じのよくない皺もすべて。

ある日のこと、川岸のイグサに幼虫の乾いた殻を見つけた。その脚でしっかり押さえている茎に固着したままだった。背が割れ、反り返って、蜻蛉《とんぼ》になるのにものすごく苦労したように見えた。

同じ頃、モーリスが彼女を知ったのだった。たまたま一緒に水浴びをしていて、まず彼が彼女の足をくすぐったのだ……

「五分もしたら、もう気心の知れた友達になっていたのさ」

「マレット中尉が彼女を狙っていると思うけど」

「しかし、あれは兵卒の獲物だぜ」

「彼女は戦争が始まったときには看護婦になろうとしたのさ」と、ブラルレ爺さんがぼくに言う「彼女のような看護婦なんて、入り用なもんかね」

しかし誓ってもいいが、少なくともぼくに対しては彼女は真剣だ。

「すべては親父の責任さ。受け皿一つ割るごとに平手打ちを一発食わすのさ。でもその他は干渉しないけどね」

別の日の晩方見かけたときには、彼女は茶色のシャツ姿で、頭の上で翻っている大きなベールを両手で掴んで秣を納屋に入れようとしていた。

「この頃はもうお見かけしませんね」と、ぼくに大声で言う。後ろから大きな足をした彼女のお父さんがやってくる。茂みの陰に兵隊が一人姿を現わす。

それが最後だったろうか。窓辺にいたとき庭の奥の方に帽子が見えたが、それはきみのだったよ、ジャンヌ。その後、顔も見えた。腰を屈めたり伸ばしたりしながら、花束を作っていたのだね、きっと。

近くから見ると、きみはきつい表情をしている。しかし、顔全体の印象や目鼻立ちは他に秀でており、人好きがする。ぼくは気づかなかった振りをしながら立ちあがって、日除けを上に揚げた。これでこちらの姿が見える。実際、そのときみはぼくを目にしたに違いない。その後、姿を消してしまった。でも花束を作っていたのかい、いつもは急いでいるのに。それに、たぶん一人ではなかったのでは？

嵐のせいで水車の渡し板が三枚、持って行かれてしまっていた。また花の咲いた海藻もすべて。ジャンヌが容易い娘だということはよく知っている。しかしそのことでぼくを責めるとしたら、それは当たらない。ぼくは、まさに人を騙すことのない厳粛で不器用な様子をしているので、むしろ真面目な女の子を惹きつけただろう。

容易い女というのは、ある種の男たちにとっての話だ。愛というものを安易に受けとっている男たちにとってだ。しかし、そうした男たちはこの物語にいったい何を読みとるのだろうか。何も読みとらないのだ。ところが、それとは異なった男たちは、最も難しい事柄を読みとるはずだ。というのも、より柔軟な習慣に従っていれば、そうした女を欲したときの心の躊躇い、またあの不器用さが分かるからだ。器用であることこそ女たちがことにこだわる点なのに。そんなとき女たちは、まさにその同じ躊躇いをもってぼくらに応えてくる。その躊躇いを自分なりに翻訳し、こちらに送り返してくるのだ。これが、おそらく水車小屋のジャンヌの物語のこれまでの意味である。そして、ぼくが自ら咎めたことは、納屋に会いに来ないかと彼女を誘った日、ぼく自身、彼女が来るだろうと十分に確信していなかったこと、それに話さねばならないという義務感から解放されたいあまり、軽々しくあれこれと喋ってしまったことだ。逆に、言葉は別扱いすべきものなのに。

ぼくに起こったことをそのまま飾らずに話すことにする。コロンボットから帰って水車小屋に立ち寄ったあの晩、そうしたのは、マルソ氏がもしかしたら家にいるかどうか訊いてみるためにすぎなかった。その場合には、以前のぼくの部屋まで行くには及ばなかったからだ。ジャンヌは父親と向かい合って夕食をとっていた。親父はご機嫌で、道で中隊に出逢ったので、足跡に気づかれぬよう堀に降りたのだと白状した。マリー・ルイーズが溺れかかったのだったし、墓地の一隅全体が水を被った。マルソ氏は休暇で帰ってきていたのだが、また戻った。よし。ジャンヌはといえば、「何度かあったように十一時過ぎて帰ることのないようにしているの。一晩中帰らなくてもいいわけだし」。ぼくには、一日だけ帰ってきた者特有の素晴らしい自由があった。そうした者が懐かしがられることは少ないとしても、それでもやはり本人が感じるよりはそう思われるだろう。ぼくはかなり大きな声で滑らかに話した。(だから言いえたことをすっかり忘れてしまったのだ。)そしてジャンヌは、ぼくの内なる特徴か何かに、おそらく最初の誘いの続きとその新たな保証を認めたのだ。

というのも、その晩マルソ夫人は早い時間に、マリー・ルイーズの事故の話を終えるとすぐに帰ったからだ。彼女がぼくの部屋にいたのはほんのいっときだった。そして、ぼくがテレビン油の瓶を割ってしまうと、「カンフル、色の好み、そうしたものはみんなわたし好きよ」と言い、さらに「じゃ、行くわ。今晩、洗濯物を夜露に晒すのよ。明日、アイロンをかけるのが楽でしょう」と言い訳をするのだった。

彼女が行ってしまうとすぐにぼくは窓際に机を持っていって、その窓を大きく開けた。東方の国々で身についたものなのか、蚊が嫌で、いつもランプを灯したときには開けるのがあまり好きではなかったのだが。しかしその晩、明りの際まで忍び寄りながらそれに融け合わない強烈な闇に感じた歓び、禁断の歓びにも似たあの歓びのすべてを語ることはぼくにはできない。最初に咲き出した庭の花の、明りで照らされている面が見えた。もう一方の面は闇の方を向いていた。しかし、薔薇の匂いは、ひと月前のように強烈には入ってこなかった。

ジャンヌが姿を現わした、足音はしなかったのに。そして、

「相変わらず本を読んでいるの？」

「いや、手紙を書いているのさ」

「父さんに締め出されてしまったの、外に出ていたから。今晩寝る所がないのよ」

窓を跳び越えて、さらに続ける、「何もかも汚してしまうわ、靴が泥だらけなのよ」

シモーヌがふたりの友達に打ち明け話をしたのに違いないという考えが頭に浮かんだ。だからこうした思いがけぬ成功が転がり込んだのだろう。結局、ぼくに嘘をつかなかったのだ、彼女は、嬉しいことに。生きてゆく中、欠点をどのようにすれば良いだろうか。それが長所となるのを待たねばならないのだ。できれば我慢強く。

ぼくに欠けているのは我慢強さではない。それにしても、この評判と呼ぶほかはないものはいったい何に因るのか、心に問うていた。驚いたことに、この評判は明らかに好ましい評判だった。好ましいけれども不安な評判だった。そしてぼくは、早く軍の命令が来て、この悦楽の園から連れ出してくれることを願い始めた。

この地方も夕方になると低地は霧で覆われた。ときおり、雲が立ち込めて、あまり高くないところ

を、下は地面にまで延びて人のような形になって、ずっと流れてゆくのが見えた。なぜぼくは、今宵、あれらの白い花や、窓縁に透けて見えるまた別の花を、もっと上手く利用できないのだろうか。——またあの遠くの松やゆったりと流れ落ちるあの滝を。こうして押さえられ締めつけられる感覚によって、ぼくは再びあの病に罹ったことを察知する。あまりの快楽に身を委ねると捕らえられるのだ。やがて熱が出るだろう。これもサロニカから持ち帰ったのだ。このところずっとそのことを考えていた。というのも、病になりそうだということを体が先に漠然と感じていたからだ。すでに何週間も前、ぼくを疲れさせたコロンベ付近でのあの戦い以来だ。

子供の頃、いつも健康なときほど感じ易かったことを覚えている。まるですべてが一体であるかのよう、病はぼくにとって例外的なものではなく、およそ最も人間的なもの、もう一つ別の器官であるかのようなのだ。

すでに体が火照り、微笑むにも困難を覚える。

苛酷な恢復

I　恢復の不器用さ

ぼくはこの病が始まってからというもの、ずっと自分の考えを追うのを止めなかった。驚くべきことに、その間、考えは同じようであり続けた。体の方はこんなに変わったというのに。実際、考えは今日も不意にぼくを捉える。というより、初めの日々と同じ素早さで、ぼくはたちまち考えを見破る。今度のこの村に着いたばかりのあの頃、ぼくは熱を出し、新たな発見をすることが日に日に少なくなっていた。窓を通して見える豌豆畑や正門、それに石造りのあの屋根も、狭まっていく感じだった。それにつれて、逆に自分が巻き込まれている物語の方はよく見分けられるようになって行ったのだ。

その物語の大筋はこうだ。（ぼくはそれを二日間胸に抱いていたと思う。）医者はぼくらの船に十分に大きい氷塊をいくつか怠りなく持ってきていた。しかしそれら氷はそれまで樽の中に入れられていたので円形だった。そういうわけで、舵手が毎晩それで円盤投げの練習をした。氷は解けてしまったり汚くなったりした。ある晩など、その円盤の一つが、投げ方がまずく、ぼくの額に当たった。いまや氷は、医者とぼくが西洋双六をして遊ぶのに程よい大きさだった。いくつかは女王駒にうってつけだったが、船員たちが持ち去ってしまった。

船がまだ岬を回り切らないうちから、ぼくらは吐血し始めた。味といい形といい犬の舌の様で、いきなり口に上ってくるのだ。そんなときぼくらは兵卒駒の一つを、一番きれいなのを選んで飲み込んだ。ゲームはそのせいで複雑になった。

窓に貼られた青い紙の上、船よりも遥か手前に見分けられた坑夫たちは、おそらくクリシー広場の映画館で見たセンチメンタルな映画に出てくるのと同じ坑夫たちだった。炭坑の工事と爆発がその映画の内容で、そこのエンジニアに対する見習い女の恋の話が添えられていた。あるときぼくは両腕を挙げている裸の女を見出した。しかし目を凝らすと、その女もまた一人の坑夫にすぎず、坑道の天井を鶴嘴《つるはし》で突いているのだった。下半身は裸ではなかった。

こうした坑夫たちは、身動きはしないが、大いなる力を発散しているように見えた。

天井の梁は別の梁を思い起こさせた。子供の頃よく寝た燕麦の納屋の梁だ。そうした夜はとても短かった。動物が何匹か、何なのかよく見分けられないのだが、姿を現わした。また一人の僧侶といくつもの長い馬車の行列も。馬車は、まるで左の車輪が右のよりも少し弱っているかのように、傾いて走っていた。さらに三人の人間が通りかかったが、それが誰か分かった。そしてシモーヌが行き過ぎた。

正面のつづれ織りに見える男女は色褪せて年寄りじみていた。そのうえ、彼らは、たとえ自分の性格に合わなかろうがあくまでも頭上に冠や萎れた花を載せていた。(部屋の一方からもう一方の側へと移ろうとする、あの黒人のヴァイオリン弾きのように。) こうして、そういう人物を見出すことに覚えていた歓びは台無しになり、ぼくは彼らをたちまち忘れてしまった。本当に利用したものは、燕(壁の隅に巣があるに違いなかった。糞が滝のように落ちてくるのだ) に汚された窓ガラス上の、一群の鳥のあの飛翔だけだった。平原の上を、たいていは頭を下にして、渡って行くところなのだった。体の線が非常にはっきりと見えるので、羽をむしられているのかもしれなかった。しばらくしてそのうちの幾羽もが姿を消した。最後まで残ったのは丸裸になっていて、鷲鳥くらいの大きさで嘴を開いていた。

こうした出来事はいずれも書くのに骨が折れる。(手紙――たとえごく簡単なものであろうと――よりはずっと楽であるが。) しかしながら今書き記さねば消え失せてしまうだろう。単なる気晴らしにすぎず、忘れられて当然のように思えることは、一つとしてないのだ。すでにあのダフネを今しがた再び見出すためには、ジュリエットがその真下で同じように身を屈めるという偶然が必要なのだった。髪が黒く、しかし体は他のところと同じく色褪せているあのダフネが、はっきりと見分けられた。水の方へ身を乗り出し、ちょうど立ち上がるときの膝のように全身が曲がっている。

その後この種の興味を持ち続けることができなくなった。たしかに、ダフネや鳥、坑夫を生きているとは思っていなかった。しかしそれにしても……。そうなのだ、それらは、本物の人間ならばそうしたであろうように、あの困難を差し出してこないのだ。そこが違っている点だ。

ぼくは自分の考えを追うことを止めなかった。しかし、あるとき、それを利用したいと思ったのだった。その推移がどのように行われたかは分からない。おそらくは、ある親近感、利用するのは容易いある親近感の結果だったのだろう。あるいはまた……。

しかし、自分だけに関わるのではないそれらの事柄については、ほとんど語ることができない。このときから早くも「ぼくは治らねばならない、治らねばならない」と、繰り返し自分に言い聞かせ始めた。目の前の壁の至るところに書き込みをした。そしてその度に「なぜ、もっと早く始めなかったのだろうか」と思った。

色褪せた男女がまず初めに形を変えた。それは比較的容易かった。というのも、見えるのはほとんど彼らの輪郭だけで、その肉体も窪みも見えなかったのだから。壁の左隅に、下の方から「ぼくは治った」という言葉を見出した。当初は噴水と見なしたものが今やそれらの文字の上部を描いていた。そこで、その上に「もう咳はしない」とおいた。それから「呼吸もうまくできる」と。この三つの書き込みは書き方の練習帳にあるように正確で、形も整っていた。もっと上の方、黒人のヴァイオリン弾きのところに「ぼくは友だちが千人もいる」と書いた。この誇張は気に入った。それは同じ場所に長くは留まらず、灰色の覆いの上で数日を過ごした後、最後に暖炉の端のジャム壷に差した小さな花束の上に落ち着いた。見分けることができたひなげしの茎の数が、それらを固定するのを助けた。右上の隅は空白のままだった。天井の梁はといえば、それらに期待できるものは何もないことは初めから分かっていた。そこでわざと見ないようにした。たちまち視界に入ってきたその迅速さと、その迅速さから感じ取っていた快楽ゆえに、そこには一種の過ちが刻まれていたのだった。

左の隅には「二たす二が四であるように、ぼくは治った」と書いた。その数字は明瞭で、最も確信のもてる書き込みだった。他を裏打ちするために、最後にそれを見るようにした。

こうした様々な文章が判然と見えていたとは言えない。しかしながら、それがそこにあることは分かっていた。つまりそれは、毎度繰り返される観察というよりも、一種の知識なのだった。

窓はもっと微妙な意味をぼくに与えた。確定するに至るまで、一、二日迷った。右側の竪框《たてがまち》は「ぼくは強い」、左側は「ぼくは美しい」という意味であった。閂は「ぼくの頭は明晰である」。そして最後に、まったく汚れていない左側のガラスは（右のは燕によって斑点を付けられていた）「ぼくは若い」を意味していた。この最後の意味が覚えるのに一番骨が折れた。それで、あらためてすべてを見出して自分に言い聞かせようとする際、あまり慌てると、そこまで行って間違えてしまうのだった。その空間の空白と汚れなさは、まだ印象に乏しい、十分に鍛錬されてはいない魂を表しているのだと思っても、無駄だった。

これらはいずれもつづれ織りの粗雑な書き込みよりも一段優れており、より長くぼくの役に立った。

青い紙は新しい構成においてはいかなる役割も果たしていなかった。しかしながら、まるでぼくの心の向きが変わってしまったのでもあるかのように、例の坑夫や両腕を挙げた女を、そして旅の最後の日に見分けたあの波さえも、そこに再び見出すことは決してできないのだった。放心状態にあるとき、それらを機械的に探しはした。というよりもむしろ、探していたこと、そして見出せなかったことに、同時に気づいた。それでいて失望しはしなかった。

このような気持ちについては誰にも、ジュリエットにさえも知らせなかった。皆は、ぼくが楽しみもないのに大人しくじっとしていることに驚かない。

文字の書き込みが物語や似姿よりも優勢になった頃のことだが、「ベッドの上で遊ぶため」と言って定規二つと積木を持ってくるよう頼んだのも、彼らに譲歩してのことなのだ。

しかしながら、今度はその書き込みが物語よりもどれほど素早く消えていったことか。そして、それとともに、立ち上がり歩こうと手足を動かし始めるや、ぼくの想念も減少して行ったのだ。こうして、ほかでもない、考えの欠如が、この思いのままにならない足や腹あるいは机と共通するところとなった。

足掛け布団をベッドから蹴落としたとき、一緒に何か光るものが逃げて行くのが目に入った。床を探すと、しかしそれは雨戸に開いた一つの穴から入る太陽の光班なのだった。毛布の上に、偶然また見出す。

ぼくを目覚めさせたのは、鳥の鳴き声でもこの斑点でもなく、汗をかいた脚であり、ねばねばする口なのだった。

あれら二羽の雀を眼で追っていた。李の樹の枝から枝へと追い駆けっこをしている。と、そのとき、烏か何か黒い鳥が窓ガラスに張りついてきた。突然あまりにも近づいたので、ぼくは思わず頭をひょいと逸した。しかしすぐに飛び去った。というより、ぼくが飛び去らせた。それはなんと二羽の雀の片方だった。ガラスの気泡のために膨らんで見えたのだ。今はまた李《すもも》の樹に戻り、飛び跳ねている。元の樹にすぐに追い払わなかったことに驚く。勘違いをしていた時間の長さを思う。

もし部屋が大きく、背筋を伸ばして歩くことができるならば、もっと楽に立ち上がれるのだが。しかし腰を曲げることには耐えられない。おそらく、ふくらはぎが収縮する感じがするからだ……(膝が痛く、いつも伸ばしたく思うのだが、その痛みのせいで昨夜は一晩中、脚が長く延びてゆく感じがした。)あるいはまた、家具や暖炉の言いなりになること、まさにそれらを承認することがぼくには自然なことではないからかもしれない。

窓から外を眺める、そのために暖炉に身を凭《もた》せかける、そしてそのためにベッドから三歩あるく。これらの困難な事柄にぼくは何たる屈辱感を覚えたことか。(なぜ、皆はもっと容易に、ポケットに手を入れるなどして、この三歩を歩めるのだろうか。先まで行くのだからそうした最初の障害など考慮に入れるには及ばないのだと仮定したところで……

こうしてぼくは自分の生の機械的な部分しか取り戻すことができないのだ。あたかも体だけが快復の用意ができているかのように……)

お昼に下へ降りて陽の射す中、石の上に座っていた。噴水からは絶え間なく水が流れ出ている。水面に落ちた一本の馬のたてがみが、水の付着が一様でないために、不揃いな真珠の首飾りと見える影を水盤の底に落としている。

それを漫然と眺めている。自分の力を呼び戻して収斂しようと絶えず努めねばならないようだ。ひとりでに戻ってはこないのだ。そのうえちょっとした驚きで散り散りになってしまう。

このうらぶれた部屋に注意を払ってはいない。とはいえよそに何が見られるというのか。役に立たない畑や広すぎる土地のみだ。一つだけぼくの気を惹くのは、強いて挙げれば、ある家の前の枝垂れ柳だ。黴の生えたその蔓は、色が家と同じようで形もそれをなぞっている。

自分の周りの事物が新鮮で真新しいとは感じられない。(恢復期に見られる現象だそうだが。)それではいったいぼくの恢復はどのようなものなのか。何が歪められているのか。重みはどれほどか。

しかしながら恢復ではあるのだった。医者が言うには、もはや衰弱しているだけだ。

おそらくは、ほかならぬこの倦怠感ゆえに恢復期にある患者は先に話した真新しさの感覚を味わうのだ。そうでなければ生きることを選び続けはしないだろう。陳腐なものと成り果てたように見えていた世界に、恋愛感情が芽生えると新しい発見があるのと同じ道理だ。今や何も自然に思いつくことがないのは、すでにあまりに多くを考え出したからなのだろうか。

みだりに考えすぎたためなのだ。とくには話さなかったが初めの二日間にしてからがそうだった。想念がより素早く、またより魅力的なのだった。そのうちのいくつかはその魅力が非常に確かで仕上がったものだったので、書き取ることができるように、言葉になった魅力として自分の自由にできるように、そう思われたのだった。

その文章を書きつけた紙片を見出した。おおよそ、「……人間、橋の下の石……天気の変化」といったことにすぎない。書こうと努力することが異様もしくは不愉快なことに思えたのを覚えている。つまり、あの魅力はすべてがすぐに失われたということに因っているに違いなかった。

役に立つ書き込みが始まった日――そう、あれは十日目の土曜日だった――、その日にその魅力は消え去っていた。そうした書き込みは、たしかにあの苦しい快復により密接に関わっていた。つまり、それ自体が歓びのないものであったがために、快復をも自らに似たものとすることになったのだ。

II　ジュリエットの物語

1

ジャックが病気であるとのみ伝えている電報を受取ったとき、あの人の命に関する不安がすでに数日前からわたしにあったような気がしました。またそれが重篤であることを確信し、流感に違いないと思いました。しかし、その三十分後には、わたしは汽車に乗っていたのですが、もっと安心した気持ちになっていて、こう独りごちたのでした「時刻さえ知らなかったこの汽車に待たずに乗れたとはいい兆候だ――電車は日に三本しかなかったのです――。よし」と。汽車の中のその夜のことはよく思い出せません。外はずっと雨だったと思います。わたしは非常に重い流感から完全に治った人のことを思い出そうとしていたに違いありません。それから、ジャックのもとに近づくにつれて、わたしの不安も少なくなっていきました。シャンベリーでは、いつものように三時間も待つ必要はなく、ほんの二十分でいいことを知りました。またも上手く行きました。

マスカール夫人は、すぐにこうわたしに言ってくれました。「ご主人のご病気は重かったのですが、今日は、お医者様はいつもよりご満足でいらっしゃいます。肺充血です」。わたしは、彼女が誇張していると思いました。ジャックの部屋に入ると、すぐに体温曲線が四十度以上にまで上がっているのが目に入りました。そして痰壷には錆色の痰がありました。では本当に肺炎なのです。しかし質の悪い流感よりはましです。ジャックはかなり冷やかにわたしを迎えました。それでわたしは、もしそうして欲しいのなら明日にでも帰りますと約束せざるを得ませんでした。ジュヌヴィエーヴが重い病で臥せっていたとき妹に会うことに耐えられなかったことを思い出しました。妹が大好きだったのですが。

ジャックはベッドで窮屈そうでした。あの人には小さすぎるのです。埃っぽいあの壁の覆いも嫌いでした。

やっとお医者様にお会いできました。カンフル注射をジャックにしたのです。「テニセへの旅行のときだと思うよ、病気に患ったのは。――いつの旅行のことですの。――いや、まっすぐフロロワに来る代わりに、テニセに寄ったのさ、物見遊山でね」と、ジャックはわたしに言いました。あまりよく分かりませんでしたが、もうそれ以上何も訊きませんでした。

それでもジャックは、その日の晩、わたしを呼んで接吻してくれました。わたしの方を見ませんでしたが、二、三度目を開けて「きみなんだね」と言いました。たぶん一度は少し嬉しそうに。それから間もなく、マスカール夫人は見知らぬもう一人の若い女の人と上へあがって行きました。わたしはその人を見て辛い気持ちになりました。ジャックの女友だちの一人だと漠然と思ったからに違いありません――こんなに疑い深くなったのはあの人の影響でしょうか――。マスカール夫人は彼女をわたしに紹介してくれました。「市長の奥様です。ご自身でもご主人様でも、何かご入用のときにはお力になって頂けますわ」。わたしは何も頼みませんでした。すると、マスカール夫人はなつめ椰子の入った小箱を一つくれました。わたしは、ジャックは食べることができないし、わたしは好きではないからと言って、断わりました。彼女がぜひと言い張りましたので、ついには受け取りました。あとで、愛想よくしなかったことを後悔しました。

お医者様から、ジャックを疲れさせないよう、話しかけないよう言われました。こうして、ほかには何も考えないで、ただただ「ジャックは生きなければならない」と繰り返し心に念じたのです。

あの人はよく、見た夢や想像したことの話をしました。でもわたしの質問にはあまり答えたがりませんでした。そういうわけで、あの人が息苦しいのかどうか、はっきりとは知ることができないのです。自分の病気には関心がないみたいでした。もしくは、そう、恥ずかしく感じているみたいでした。ごく基本的なことは気に懸けないのですが、どうでもいいような些細なことにこだわるのです。意識が朦朧としているようなときでさえ、ある種の言葉や、あまりに高飛車なのだというものの言い方など、わたしの欠点にはとても敏感で、言い咎めるのです。ときには、暗闇の中だというのに、「そんな風に眉をひそめるんじゃない」と言うのです。眉をひそめるとき、あの人に対して卑しい表情あるいは硬い表情をしているのではないかと心配になります。

お医者様はあの人に乱刺吸角《らんしきゆうかく》〔皮膚に無数の傷をつけた後、器具を用いて瀉血する治療法〕を当てました。始める前に、不安になって、「乱刺器《らんしき》をお使いにならないのですか」と訊ねますと、「今はもう使わないのですよ」とおっしゃるので、「でも、メスよりも簡単ですわ。パリの病院では……」と言いかけると、ジャックが、聞いているようにも見えなかったのですが、突然、怒ったような顔をしてわたしを睨みつけました。わたしがあまり口出ししすぎると非難しているのです。

お医者様がこうして乱刺吸角をするということは充血が広がっているのです。

今やジャックの髪や髭は長く伸びました。顔や体は象牙色をしてきました。

お医者様は「あと四日が峠だ。そこではっきりするだろう。水曜か木曜だな」とおっしゃいました。

八日目は火曜日のはずだ、とわたしは思いました。病気が始まったのは日曜日の晩なのですから。

2

今夜、初めて三時間眠れました。真夜中頃眼が覚めると、あの人は汗に濡れていました。体を拭ってから、湿した脱脂綿を指に巻きつけて乾いた口も拭いてやりました。飲物を与えると、わたしに微笑んだような気がしました。

痰にはますます血が混じるようになりました。あの人の状態について話し合える人を誰か見つけたかったのですが。お医者様はいつも悲観的にすぎるように思われました。おそらくそういう性分なのでしょう。マスカール夫人が度々やって来ては、抱きしめて落ち着かせてくれました。本当にいい方でした。(ここに来たときに、涙を流しながら、とても心を込めて話をしてくれました。彼女の手に口づけをしたのを憶えています。)ジャックは、「この匂いは何だろう？　酢の匂いみたいだね」と何度も訊くのです。それは自分の体の匂いなのです。病の重い人にありがちなことなのですが。

何を考えたらいいのか分かりません。相変わらず熱は高く、決して四十度以下には下がりません。咳もいっそう苦しくなり、喀血でもするのではないかと心配です。頬はこけ、口はますます粘ついてきました。

ともに頑張って、あの人が死ぬのを食い止めねばならないと感じました。そこで、恢復以外のことは考えないよう、恢復したいと強く望むよう、あの人にお願いしました。夜の方が、お願いしたり、指図したりするだけの力が自分にあるような気がしました。わたしの言うことを分かってくれましたが、望んでいたような返事は返ってきませんでした。病気のことを考えると、まるで放心したようになってしまうのでした。

わたしは辛くなり、うわの空で「すぐに治る、もう治った、治らなければならない」と繰り返し心に念じました。壁や覆いにその言葉が書いてあるのが見える気がしました。その言葉を呼び求め、わがものとし、それに身を浸しました——といっても、せいぜい三十分の間で、あとは疲れ果ててしまうのでしたが。

十日目の日、あの人は、ベッドに少し身を起こして、あるときは微笑みながら、またあるときは悲しげに、半日ものあいだ読み上げるように話をしました。そしてわたしに「ジュリエット、聞いてくれ。まだ話すことがあるんだ」と言うのです。しかしすぐに疲れてしまい、額に汗が滲んできたり、あるいは咳の発作に襲われたりするのでした。爪は青い色をして膨らみ、眼の輝きは少し失せていました。眼は非常に感じやすくなっており、雨戸をいつも閉めておくよう求めるのでした。そうしなければ物が見えすぎるというのです。

あの人は決して愚痴をこぼしたりはしませんでした。じっと見守っていたあの夜、あるとき鼻が細くなりました。

体温は下がりませんでした。それどころか、ほとんどいつも四十度に保たれていました。わたしはフランス婦人軍にいたとき経験したいくつもの恢復のことを色々思い起こしたのですが、しかしあの人と同じようなのは一つも思い当たりませんでした。

定規と積木を買ってくれるよう頼まれました。ベッドの上で遊ぶのだそうです。「分かるだろう、おもちゃがあれば、目に入るどんな無駄なものにももう気を取られなくていいのさ」。定規は持ってきてあげましたが、積木の方は買う気になりませんでした。というのも、譫言を言っているとお医者様がお考えになるかもしれないと思ったものですから。とても落胆したようでした。そうしたおもちゃをどうしようとしていたのか、わたしには分かりません。

その晩にまた咎められました。まるで、非難しなければならないことがあるために恢復できないでいるかのようなのです。十日目はこんな風に過ぎました。

わたしは庭に出ていました。暖炉の上に飾ろうと思って、お花を少し探していたのです。戻ると、あの人が「ジュリエット、来て見てくれ。鼻血を出したようだ」と呼ぶのです。血を吐いていました。痰壷が半分ほど一杯でした。わたしは胸が激しく打ち始めましたが、それでもとにかく脱脂綿を鼻孔に入れてみました。取り出しても白いままでした。そこで、お医者様をすぐ呼びに行けるかどうか、急いでマスカール夫人に訊きに行きました。馬車に馬を繋いで直ちに出発したのはメナール氏です。十時頃お医者様を連れて戻ったのですが、そのお医者様はこれほどの血を見てとても心配になったようでした。エメチンの注射をして、氷を取りにメナール氏をポワズールに遣りました。それからわたしに、氷が届いたらそれを小さな丸い形に切って、血を吐く度にジャックに吸わせるようおっしゃいました。

真夜中を少し過ぎた頃、メナール氏が、大きな氷の塊とナイフそれに槌を持って帰ってきました。そして言うには「窓から一時間もおかみさんを呼び続けたよ。やっとのことで服を着てくれたが、そりゃそうだ、人が死にそうなんだと叫んだからね」

幸い、ジャックは、他はすべて聞き分けていたのですが、その言葉は分からないようでした。聞こえる言葉をあの人は選んでいる、とわたしは何度も思いました。

3

十一日目の朝、眼が覚めたとき、ジャックはさらに弱っているようでした。飲物を頼もうとしても、そうできませんでした。しかしながら、ベッドの脇に座ろうとするわたしを差し止めて、自分の上着を指さしながらこう言ったのです。「そいつを取ってくれ」、あるいは「そいつを片付けてくれ」と。訳が分かりませんでしたが、あの人を喜ばせてあげようと、その上着を隣の部屋に持って行きました。そのとき、ポケットからなかば出かかっていた二通の手紙が目に入りました。(夜の間に誰かが触ったのでしょうか。でもいったい誰が？　ジャックだとすると、どうやって手が届いたのでしょうか……）

　ほかに一輪の花と結んだ黒いリボンも見つけました。


　絶望が、さらに大きくなったのではなく、わたしの体内に入ったように感じました。続く日々、わたしは激しいひきつけを起こしたり、頻繁に眩暈に見舞われて立っていられなかったりしました。また脇腹が痛く、座骨神経痛かと思いました。

　次の日は一日中、自分のことを考えすぎました。二日前からジャックは死ぬだろうと思ってしまっていたことにも気づいたのです。それで、わたしもどのようにして自ら死のうか考えました。しかし、それだけでは十分ではないことに突如気づいたのです。過去を償わなければならなかったのです。

　自分に十分なだけの強さがあるとは感じられませんでした。考えが纏まりませんでした。周りは、劇場にいるみたいに、書き割りと俳優ばかりであるように感じ、また、目に映る事物にはただ一つの面、まさにわたしに向けている面しかないように思えました。また別のときには、長旅に出たのだと考え始めました。そして、窓ガラスに貼られた青い紙に波を見分けていたのです。


　充血が右の肺に及んでいることが聴診で分かりました。慈善病院に勤めていたとき、熱を下げるのにエレクトラルゴル〔銀のコロイド溶液〕をよく用いていたことを昨日から考えていました。そのことをお医者様に言うだけの勇気がありませんでしたが、今日は、先生の方からそれを持ってきて下さったのです。

そして、ジャックに注射しました。安心しました。その治療法よりも、この偶然の符合にです。

わたしは、その夜、すべてを知ったことをあの人に告白するつもりでした。それで、自らをより潔癖と感じたいがために、かつてあの人に言った嘘や、わたしがしたことであの人の気に障ったことすべてを心の中に探しました。ピイエ街のアパートを断わるようにジュヌヴィエーヴに電報を打ちました。ジャックの希望に逆らってすでに予約してあったのです。こうした些細な事柄が、急にとても重要になってきたように思えました。

思い出すのにとても苦労しました。考えがあまりはっきりせず、よくよく考えなければ、わたしの方に罪があるような気がしてしまうのです。それほど混乱していました。


テニセを呪うよう、あの花やリボンを焼くことを許してくれるよう、ジャックに頼みました。驚いた風には見えませんでした。しかし、わたしは言い張って、説明を求めました。いつのことだったのかと訊きました。気が変になっていたのです。にわかにあの人は汗だくになりました。体温が下がって死んでゆくような気がしました。が、わたしは気を取り直しました。

しかしながら、あの人は、悪いのはわたしの方だ、わたしがあの人を無視したからだと言います。そしてまた、「きっと治ると思う。ほら、忘れないようにするため、壁に大きな字で書き込みをしたよ。ここに『もう熱はない』、そしてあそこには『明日は、咳は出ないだろう』と」と言うのです。

それでわたしも、できる限り、一緒にそう念じ始めました。わたしがあの二通の手紙を読んで以来、あの人はどんなにか変わったことでしょう。今日などは、どう訊ねたらよいのか分からないことにまで答えてくるのです。

（その夜の残りの時間はずっと、放心せずにいられれたときには、祈っていました。）

熱が三十八度に下がったのは、汗だくになったあの日の翌日のことです。それでわたしは、用意されたカンフルオリーブ油の注射をしませんでした。——けれども、シャンペンを飲ませて元気づけようとしました。それを、ジャックは、鼾《いびき》（喘ぎに似ていて、マスカール夫人を怖がらせたあの鼾です）をかきつづけながら飲みました。そして三時頃、わたしに「とても気分がいい」と言ったのです。（瀕死の人間が覚えるのは安楽感だと思うとはっとしました。）ところが、少しして、お医者様が「峠は越えたようですね」とおっしゃったのです。

III　ほとんど遅きに失した交換

医者がぼくの死を予想していた——ぼくには分かっている——時期のことだったが、マスカール夫人が隣の女性に「彼はそことそこにいる」と言ったのだった。ぼくにはその言い方が耳新しく、気に留まった。

この偶然の符合ゆえにぼくは忘れないでいるのだが、しかし、そもそもその意味が今日まで分からなかった。それにまた、今となっては思い出せないのだが、ただ慌しい感じを喚び起されたことだけが記憶に残っている、あのさらに謎めいた文章の意味も分からなかった。夢の中での旅の終わり頃だったと思うが、ぼくは一晩中その慌しさの感覚に付き纏われたのだった。

ぼくの頭はいつもはっきりしていたことは先に述べた。そうなのだが、しかし、他の人たちの考えと正常な関係を持つことは一切諦めていた。たとえば、定規を二枚とサングラス、それに積木を持ってこさせた思惑の繋がりを思い出すことは容易だろう。それは欠けるところのない連鎖を形成している、おそらく——。(それらセットは、当時自分の心には見出せなかったある秩序を待ち望む気持ちを表していたのだ。) ただ、いま気づくことは、こうした想念のいずれにも、ほかの場合だったらぼくの注意を惹いたに違いないあの部分、すなわち、医者やジュリエットに対する分かり易い言い換え、うなされて呟いたあの言い換えがなかったことだ。

ジュリエットがここに来た最初の晩、ぼくが彼女に言ったこと——というより、彼女に聞こえたことを、どうしたら思い出せようか。なんと冷やかに彼女を迎えたことだろう。一つの障害を持ち寄ったにすぎないと思えたからだった。

ぼくのベッドはそのとき窓の方を向いていたので、出入りする人が誰かすぐに分かった。ドアの入口にジュリエットが直立不動で立っているのを見たとき——最初、とてもエレガントなことに驚いた。ベールを被った若い女の人になど久しく出会ってないように思えた——、やって来たことを咎めた。引き返すことを約束してくれたが、驚いている様子はなかった。

翌日、彼女は、早くも朝の四時にベッドの傍にきて、犬か猫かの呻くような声がしなかったかと訊いてきた。一時間ほど前からつい聞き耳を立ててしまっていたのだという。一腹の仔をいちどに埋めたからに違いない。このときからすでにぼくは、坑夫や裏返った鳥を目で追う一方で、ジュリエットに浴びせる非難を準備し始めていた。それら非難の調子や様々な効果を非常に繊細に測っていた気がする。そう、中には殊に重く心にのし掛かるものもあった。あたかもあの頃はぼくの考えが裸であったかのように。

このときからすでに、シモーヌの手紙が危険なものとなることは知っていた。あるいはそう察し得たはずだった。上着は手の届くところにあり、釦が一つ欠けているそのポケットに手紙はあった——取って破るか、もしくは燃やしてしまうことがぼくにはできたのだ。

ところが別のことが出来した。あたかもジュリエットをその二通の手紙を読むときに備えさせたかったのであるかのように万事が推移したのだ。

出発の日の彼女の最後の脅迫を、自殺するとか、ぼくを見捨てるとかいう脅迫を思い出した。家が乱雑なために事細かに気を配らざるを得ず、その結果疲れさせてしまったこと、お金が十分でなかったこと、それにうだるような暑さ、等々のせいで彼女がひどく乱暴になったのだということは分かっている。おそらく、ぼくが無関心であったことや、彼女の悩みに冷淡であったこともその一因なのだ。むしろぼく自身も腹を立てるとか悲しむとかすべきだったのだ。

しかし、心の奥底で、ぼくはついに馴染むことができなかった彼女の性格の特徴を、何かにつけて相違点や欠点を探し当てようとし、また愛着があるときにはひときわ疑い深くなって、容易に何らかの悪意を想定してしまうあの心の傾向を吟味していた。もっとも、いまぼくは自分自身に話しかけているのだ。こうしたこと一切をどのように言い表したら良かったのか、また自分は巧みだったのか、ぼくには分からない。

（そう、ぼくは巧みなのだった。たとえば、「エゴイスト」という言葉を濫用したが、そのくせそれにほとんど意味を持たせてはいないのだった。また、ジュリエットがぼくを脅迫したり、絶望していきなり白眼を剥いたりした喧嘩の場面に話を戻した。しかし、本当のところ、これほど妥協を排した感情の表明に対してぼくは敬意を抱いている。複雑な感情なのに、とっさにそれを表せるとは見事なものだ。ぼくにはそんな真似はまずできない。教えられるところは多い。ぼくがジュリエットのもとを去ったとしても、それはそうした表明そのもののせいではなかっただろう。）

しかしながら、それら非難の言葉を用意するのに、どれほどぼくはかかり切りになることになっただろうか。ほかには旅行や観劇の漠たる夢想しか頭の中に残っていなかったほどだ。しかし今でもまだそれらの言葉を調整し発することが必要だったと感じている。疑いもなく、それが、ジュリエットが傍にいることを理解できる、そして心の内の相矛盾する二つの思い出を理解できる、唯一の方法であったからだ。

ジュリエットが来てぼくの手を取った。目が覚めた。左手にぼくの上着を引きずっている。ぼくが病状のどの段階にいたのか、またなぜあの日を選んだのかは、分からない。彼女はこう言った。それがいかにも感動を押えながらだったので、ぼくは惹きつけられたのだった。「ジャック、テニセを呪わなければいけないわ、テニセを呪わなければ。病気に患ったのは、テニセに行ったからよ」

彼女は結んだリボンと花(フロロワに着いたとき、摘み採ったのだ)をぼくの目の前で燃やした。「お願いだから、テニセを呪って、テニセを」と繰り返すのだった。シモーヌの手紙を破ってしまおうとは考えなかった。おそらく、その手紙に関しては間違えようがなかったからだ――それに対して、花やリボンは記号であると思ったのだ。

体に力が湧いてこなかった。しかし、同時に、これからはもう彼女を非難しなくても良いことが嬉しくもあった。

衰弱していることから受ける印象さえも新たなものとなっていた。直せば済む一つの弱みと感じるだけだった。――それほどに、今やあの過ちを告白したおかげで、ぼくは別の点で思いも寄らぬ威厳を感じていた。

それは、あまりに重すぎる秘密がぼくの裡にあることに気づかないでいたころジュリエットに備わっていた、まさにあの羨んだ威厳だった。しかし、絶望に胸を掻き毟られているジュリエットを見ると――ああ、いつになったら彼女を憐れむことができるのだろうか。ぼくはまだいかなる感情をも抱き得ない――、いまや彼女が、ぼくに代わって、以前のぼくのあの緩慢さと無駄に費やされた想念、まさにそれが失せてしまっているのが辛いあれほどの想念を、つまり死を受け入れる安易さから身を護るぼくの初めの不器用さを、早くも身に引き受けたようだ。

渡られし橋

第一夜

きみの行方を探そうと心に決めるや、さっそくおびただしい数の夢に見舞われたのだった。最初の夜にしてからがそうだった。夢には始まりがないものだが、今度の夢は、もはやイメージの必要がないほど十分で純粋な感情に変わろうとするときに、醒めてしまうのだった。

きみが離れて行ったのはぼくとの間の気詰まりが原因だったが、それがどんなものなのかはぼくにはよく分からないままだ。ぼくの知っていることといえば、きみの方が活力があり、危なっかしいということだ。

それをきみは、ぼくは口数が少ない、心の内を打ち明けない、と説明したのだった。たしかにぼくは自分のことを悦に入って喋りはしない。厚かましい男だとは思っていないのだ。

きみを奪い返したいという気持ちがそのときとても単純なものに思えたのは、ひとえにそのようなことに慣れていなかったからだ。——ぼくはどちらかというとリードされる方だし、だからぼくらの愛においても……

しかしその気持ちは、未知の事柄――ぼくらの体に起因しようと、あるいはまたほかに原因があろうと――と闘うことを覚悟した紛れもない決心だった。

透明な言葉

その籠には、耳のような恰好の白いキノコがいくつか入っていた。標石にぶつけるとそれらのキノコはいずれも仄かに輝き、そしてやがてその光は消え入るのだった。急な登り勾配の頂点に立ったときは、とても怖かった。

梯子の二本の腕が、十字架像と干し草で編まれたその冠を越えて、伸びている。それから、集落が現れる。その最初の家の軒先で、ドレスに見られるような格子柄の絨毯の埃を払っている娘に、ぼくは籠を差し出す。しかしその娘は何も答えず、ぼくは先へと進み行くばかりだ。

腰をかがめ、両肩に重そうな鞄を背負ったひとりの男が、穀物倉へと梯子を登って行くところだった。背中と頭は不動だった。それなのに新たな位置へと移って行くのが不思議だった。両脚は休みなく動いていたのだ。

ハート型に刳り抜かれた二枚の木戸は、あらゆる点で隣の木戸と同じようだった。ところが、外からそれを開けに来たひとりの老女が、そこに井戸を発見する。そしてすぐさまその滑車を軋ませる。

その軋む音にぼくはハッとし、心を締めつけられて、ついにはこう思わざるを得ない。これはぼくが耳にする初めての音だと。

ということは、先ほどは真に話せてはいなかったのだ。自分が自分の一部でしかないように思えた。「おい、何の用だ?」と男が怒鳴った。そして一番上の柵に鞄を置き、くるりと体を回して道の方を向いた。しかしぼくは、先ほどの言葉を繰り返すだけでは十分ではない、その性質の何らかの欠点が言葉を音に対して透明にしているのだと感じていた。

ぼくは必要とされない籠を持ったままでいた。しかしながら、本当にそれを差し出していたのかどうか、自問し始めた。そしてそれを失くすという思いに慣れてないことに気づく一方で、こうした感情の複雑さに、自分は夢を見ているのではないことを確信するのだった。


言葉を考え出すだけでは十分でない。さらにその言葉にある種の調子を、聞き取って貰《もら》えるための調子を与えねばならないのだ。

そのような調子は、たいてい、ひとりでに備わるものだ。探し求めたところで完全な形で得られはしない。小心者などに欠けているものはそれなのだ。諺にいう、「孤児は話しても無駄だ、隣の孤児には何も聞こえない」

こうしてこの夢のおかげで、ぼくは、きみが求めていることを言ってあったと想定できた。あるいはそれに近い状況だった。けれども、きみは聞いていていなかったのだ。

アグレーフ

ぼくは、アグレーフが近くに、自分とよく区別がつかなくなるときがあるほど身近にいるのを知っていた。ある想念が、ぼくはその想念を自然に抱いていたのだが、彼女がいるという驚きをもたらした。こうして彼女への想いで胸をいっぱいにして、ぼくは今朝、階段を登る。食堂に入った。陽は昇っていない。電灯が窓ガラスを横切って流れる霧の中で点っている。そしてコップの中の赤ワインに映っているのだが、それはさながらジプシーの灯りのようだ。しかしぼくはテーブルを一周して、皆と握手し、自分の席に座ろうとする。

誰かが言う、「このスープには何かが足りない。スパイスが利いてないのだと思う」

「おれの昼飯はジャガイモだけでたくさんだ。それにしてもこいつは石膏みたいだぜ！」

食欲に対する興味だけで彼らがお喋りするには十分だ。いつも集まる仲間同士だと分かる。ぼくには無関心だ。が、ぼくは彼らのことを知っている。

しかしすべてにおいてこのように容易《たやす》く事が運ぶわけではなかった。そもそもその部屋はあまり自然な感じがしなかった。所々とても古びているようだったし、ハンモックの埃なのか、糸が何本か柱から垂れ下がっていた。

誰かが、マックス・リュカの陰になってぼくからはその姿が見えなかったが、「暗闇の中を出発せねば」と言うのが聞こえたように思った。それからそのことを疑い、その幻覚を咎めた。

何度もその過ぎ去った言葉のことを振り返った。するとそのとき、思いがけないことを体験する直前のあの気詰まりに似た感じを覚えたのだった。

すべてが明らかになった。アグレーフが、テーブルを挟んでマックス・リュカの真向かいに坐っていたのだ。話したのは彼女だった。

テーブルを一回りしたときなぜ気づかなかったのだろうか。そのことで彼女が抱いているに違いない恨みが元となって、突如、彼女から遠ざかったようにぼくは感じていた。

これほどはっきりと自分の過ちだと分かったときになっても、なお完全にはそれを認めることができないでいた。それほどぼくには、今日初めてアグレーフに会ったと想定することは難しかったのだ。

ふつうは、まさに目覚めるときにこうした夢を捕らえるのだった。そしてそのことを考え続けて、次第により明晰な段階へと上ってゆくのだ。しかし、食事とアグレーフの存在は、一気に、最初の瞬間から全き形でぼくに与えられたのだ。

ぼくの覚えていた感情は、ほかのどの感情にも似通っているものではあるが、夢のようなのではなかった。自分の愛の過剰こそが見落とした原因であること、それはぼくには自然なことに思えた。

薄暗い村

ぼくは夕暮れにしかこの村に来たことがなかった。それゆえこの村に対して覚える親近感には、もし昼間そこを訪れることがあったなら、それと見分けられないのではという不安が混じっていた。最初に現れた壁の前の、落葉した樹々の枝やヤドリギに星が混じり合う様子に、驚いたものだ。
村の真ん中辺りで、三つの切り妻が揺らぎのない白い光に鮮やかに照らし出されていた。その他の所には多数の煙突や屋根、薄暗い茂みなどがあって、まるで野原が終わるとより多くの命が、それも人の命だけではない命が、存在するかのようだった。

この村の特質の一つは、家々の灯りが奥まっていることだった。つまり、それに向かって進んでいる限りはその灯りは薄暗いのだが、そこを過ぎた直後に振り返ると、窓のいくつかに糸のように細く赤い灯りが捕らえられるのだった。（しかしその発見は遅すぎた。というのもそのときはもう通り過ぎてしまっていたのだから。）ぼくの肌は、手で触れてみると、とくに顔が熱をもって張りつめていた。とそのとき、マッチ箱を揺すったような音が聞こえた。男が二人、「で女は?」と一人が言うと、もう一人が「あのさ、我慢だよ」。すると、訊いた方の男がマッチを擦った。男の丸い指先がそのために、一瞬、透明になった。

ぼくは、今度に限って朝に、その村に戻るところだった。夜の間そこから遠ざかっていたわけではなかった。離れたとしてもわずかだ。それで疑念を抱くことはなかった。東の空はすでに橙色に染まっていた。しかしその家の中央の窓に灯りが一つまだ点っていた。もう一つ別の窓が黄金色になってきた。
川の水が所々薔薇色に変わった。陽が昇って、その光が毎夕輝く切り妻を照らした。

村が完璧にそれと分かるためには、ぼくにはまだあの驚きとそこに含まれる失望感が欠けていた。ところが、一匹の子犬が中庭にいるのに気づいたとき、ぼくはまさにその感覚を得た。前足を揃えて立ち、林檎の山を邪険に護っている。傍に老女がひとりいた。ぼくは空腹だった。

夢のこの最後の出来事で、ぼくは、受け取っていた印象の繊細さとその対象の下品さとの間の対照に気づいた。次のことを知るには、ぼくにはそれら印象で十分だったのだ。すなわち、ぼくは、ぼくの追求を阻止しかねないきみの心の急激な変化より他のことを気遣っては、あるいは恐れては、いなかったということだ。きみがきみだと分からなくなるような日が来るのだろうか。

村それ自体、その樹々、切り妻等々はといえば、独り心の内で話しているというのに、あれほど用心し、イメージに訴えるとは奇妙なことだ。

第一夜　了

第二夜

翌日、夜が明けるや、ぼくはおびただしい反映に浸っていたのだった。しかしそれらを捉えることはできず、単に夢を見ていたのだということのみが確かなことに思えた。

反映とは言い過ぎだ。おのれ自身に溶けてゆくような感覚が離れなかったのだ。午後になると、さっそく、正真正銘の思い出が現れ始めた。あるいは、彼女を以前から知っていたというあの衝撃を現実の感覚で感じながらも、それがその原因を忘れてしまうにはあまりにも並の感覚でなかったのだから、やはり彼女を夢に見ていたのだ。

この夜のイメージは、ぼくにとっては昨夜のイメージよりもいっそう辛い（感情を傷つけられさえする）特徴を示していた。おそらく、最初のうちは、わざと自らを忘れさせていたのだ。

猿の籠

その年老いた男は、映画館から出てきた女たちや子供たちに囲まれた。しかし皆は男を押し退けたりはせず、それどころか踏切の遮断機を彼のために上げてやった。というのも、男は手にした籠が邪魔な様子だったからだ。宵闇が迫っていたが、男は場末へと続く小路に入った。

男は二度、足を止めた。二度目は廃墟と化した城の傍らでだった。堀には白い無花果《いちじく》が生え出て、塔はいまにも崩れそうだが、蔦がそれを支えている。

このとき男に困ったことが起こった。籠の中にいた蠅ほどの大きさの猿の一匹が、激しくその縁に体をぶつけ、そのために籠が揺れたのだ。

男にはほかにも気懸かりなことがあった。まず、出逢った人たちが自分だと認めてくれないのだった。それから、足下の道路が、まるでその下に洞穴が隠されてでもいるかのように反響した。男は門の境界標の上に登った。

ぼくはしばしば男が自分のような気がした。その旅の目的がぼくと密接な関係があることは確かだったのだ。それから男から離れた、不器用で年老いていたので。

猿たちは鮮やかな色をしていた。籠が傾くと、あるときはそのうちの一匹が、またあるときは別の一匹が、月の光に輝くのが見えた。

男は、いまや、きみの家へと続く小径を辿っている。しかしその小径は方向を変え、男をまっすぐ草原へと向かわせる。男は雌牛の鈴を耳にして、その後を付ける。

男は躊躇いから歩みを緩め、草原の細部に気を取られる。一面のキノコを長らく眺めたりしている。と、そのとき、ぼくには男の考えが分かった。男は、間違いなく、ぼくなのではなく、ぼくがきみに遣わした一種の伝令なのだ。道中、蠅－猿の世話が悪く、そのうちの三匹が死んだ。

この夢は、まるで一通の手紙のように、きみに宛てられていた。猿は第一夜のキノコに似ていた。しかし、今度は、きみを探している者ではありたくないという希望がぼくから消えようとしていた。

誤認

ぼくが中庭を歩き回っていると、ひとりの男が集団を離れて、近寄ってきた。背は低く、髭が伸び加減で、その膨れた頬からすると噛み煙草を口に含んでいると思われた。

「すみません、以前お会いしたことがあるように思うのですが。昔、ブイヤルグに住んでらっしゃいませんでしたか」。いや、ぼくはそういう所があることさえ知らない。

男は食い下がった。根拠もなくぼくにそう訊いているのではなかった。そうではなく、ブイヤルグに、そのブッシェ通りに、ぼくと瓜二つの男がいたのだ。手袋の取引や土地の歴史の話となると止めどなく語り合ったというのだ。

ぼくは何も答えようがなかった。しかし男はそこにいた。結局、男が一人で話し続けるべきだったのだ。ぼくらの間でとり交わされていた会話がどのようなものだったのか、おおよそ知っていたのだから。

しかし男がぼくに関心をもつのは、まさにこの相違、この埋めるべき空白ゆえなのだと感じる。ぼくは男と別れる。

なぜ、今や男の方がぼくを避けようとするのか。ぼくは惨めな畑の中のあの路上で、男を待ち伏せしていた。

最初のトラックが通った。その運転席に男を認めた。しかし男に呼びかけはしなかった。自分がそこにいることを知らせるようなことは何もしなかった。それは幸いだった。というのも、それからすぐ、二台目のトラックにまた男を見たからだ。

この前のよりスピードが出ていたが、今度は躊躇わなかった。眼の中に、間違いなく正真正銘の存在から来ていると思われる明確な男の姿を留めておいた。しかしその後に続いたことはうまく説明がつかない。

三台目のトラックが近づいてくる。ぼくはそれを眺め、きっと同じ男がもう一度運転席にいるのだろうと思う。それを遠くから見ようともせず、じっと待って、確認を完璧なものとしようとする。ところがそのトラックは眼の中に一気に飛び込んでくる感じがしたかと思うと、なんと席は空で、先のブイヤルグの男の件でぼくをハッとさせたのに似た欠如に、自分が捉えられているのを感じる。

はっきりと目に見える障害を患えば人生はより自然なものになるだろうと人は好んで想像する（少なくとも、他人から要求される事柄は減るだろう）。目や耳の不自由な人は、ぼくの夢のいくつかの瞬間にあったのと同種の歓びを体験しているにちがいない。

そのほかは、ぼくの生の考えまでも突き刺すようなきみの非難の重大さを――いわば好き勝手に――誇張していた。

急ぎ足の散歩

中庭は闇の中だ。ぼくらは燃え上がる林を見つめ、風が吹き渡るに任せている。そしてきみはぼくを両腕に抱いて言う、「わたしたちはもうひとつね」。すぐに、きみだけでなく他のすべてのものにも包まれているように感じる。もっと遠くからきみを眺めるために離れるべきなのだが。ところがぼくは動けない。すると多くの想念がたちまち襲いかかる。そのとき、火が炎を吹き上げ、まだ生の薪が燃え上がり、煙を吐く。

それから朝がやって来た。中庭では、霜で白くなった柴を荷車から降ろしている。放り投げると、それは氷の割れる音を立てて地面に落ち、そしてすぐに荷車のところまで連なった。

きみはその様子を、ナイトガウンに身を包んで立ったまま、そしてタオルを湿った両の頬に押し当てて、カーテン越しに見ている。「風がどちらから吹いているかが分かれば、どんな天気になるのか分かるのに」

屋根に煙が棚引いているのにぼくらは気づくが、すぐに消えてしまい、何かを問いかける暇《いとま》もない。

通りは凍てつくような寒さだった。しかし次に現れた小路は、風が生温い。地面の燕麦の粒から両脚に温かさが伝わってくる。

境界標が三個ある凸凹した橋のところまで来たとき、椋鳥が、二群に分かれて、両側から樹々の上に舞い降りる。泳いでいた一羽の小鴨が潜り、水に漣《さざなみ》を残す。ぼくらがこの見知らぬ村へ入りゆくにつれて、こうして春が開花するのだった。

すべてがその速さに加わっている。教会の屋根が家々の屋根に続く。いや、それらは同時に現れたのだ、井戸に寄り掛かってお喋りをしている腰の曲がった二人の老女の体から。

ぼくの体も同じ速さで、風のように、橋のアーチの間を流れる水のように、運び去られ、と同時に皺くちゃにされる。

この夜の三つの夢に見られる不安、それをおそらくぼくは、それによって自分の怨恨の底にまで運ばれてゆくために生み出していたのだ。こうしておけば後にきみと再会したとき、いつの日か見出されてはぼくを後悔に引きずり込むようないかなる想念も残しはしないだろう。

この夢にみられる迅速さは、きつい言葉が——それほどそれは思いがけなかったのだ——すばやく考えられたように思われたことに起因していたのであろうか。

第二夜　了

第三夜

こうした出来事が完璧なまでに明瞭であることにより、ぼくは、他ならぬこの夢を、その隅々に至るまで見続けて行かねばならないことを確信した。

現実のものははっきりと、しかし夢に現れたものはぼんやりと知覚するものだと一般に思われている。こうした意見は、単に、現実のものは自由に扱えるという、それゆえ望めばいつでもそれを明瞭にすることは容易であるという、そんな信用に由来している。しかしそうした実用的な面を無視する者は、本物の有する無秩序さに驚かせられるものだ。

森の娘

ぼくの行き当たった最後の家は戸が開いたままになっていた。鑞引きされたテーブルクロスが光っているのが見えた。谷間から窓を通して陽が射しているのだった。

一匹の白い犬が、ぼくに気づくと鉄柵に跳びつき、慌ただしく吠え立てた。二匹目の犬が、その先の防御柵の陰に繋がれていたのだが、やはり吠えたり跳ねたりし始めた。跳ぶたびに、その大きな頭がわずかに杭の上に覗いた。

そのとき小さい方の犬が駆け寄り、防御柵にこちら側から跳びついた。

森に入ると、ぼくは木こりの娘と行き違った。背に身の丈ほどの長さの柴を背負っていたが、それが首にしがみついた子供のようだった。それからぼくは道に迷った。しばらくするとその娘が現れたが、とたんに赤褐色の枯葉を敷き詰めた地面がその足下で膨らんだかと思うと窪むようで、ぼくは眩暈がした。

娘は、とても背が高いというより何人もいる感じだった。あるいは、その高さが測りがたく感じられるからこそ背が高く思えた。視線を逸らすと、娘の姿は地面や樹に入り混じって引き伸ばされたのだ。ぼくは流れ星を目にしたときの思いがけない歓びに似通った満足を覚えた。


その娘はさらに二度、姿を現した。——もしくは、その間、ぼくが娘を見ないでいただけだろうか。どこも変わってはいなかったが、しかし縮んでいることに気づいた。同時に、湖がよりよく見分けられたのだった。

それは黒ずんだ水を湛え、その面に藪の樹々を反映している卵形の湖だった。島に、その湖と同じ形をした島だったが、薔薇色の葉や茨が茂っていた。

帰りの道すがらこの日のことを想うと、特別に取り計らったような気がする。感動が醒めて、故意にそれをより激しいものとしていたことを自らに咎めるときのような、そんな気持ちだ。

この夢は散歩の夢への応答だった。少なくとも樹々や水は、ぼくに対して本来の自由を取り戻していた。

あの娘はきみに似てはいなかった。しかし娘を見ていると、きみがときに授けてくれるのに似た歓びを覚えた。それはぼくを何にも繋ぎ止めはしなかった。

ニフィ族

彼らの一人が言う、「あそこには鳥が一羽いて、それから蜜蜂の巣があって、そして中国人の家がある」。まだ続く、「つぎに小径が、そして林檎の実った樹がすぐ傍だ」

ぼくに劣らずこの地に不案内なその男は、しかし、ぼくのように直截的ではなく遠慮がちに話す。言葉を次々に継ぎ足して、決して本当のことを最初に言わないのだ。もう一つ何かがぼくの気にかったが、それが何なのかは分からない。彼らの間には女性がいない。そのせいで言葉遣いが荒くなっている。それにその言葉は、いや生命力までも、彼らには跳ねるように一気にやって来るらしい。一人がしばらく話したかと思うと、やがてその男はへたばり、毛布の下に隠れる有様なのだ。

もの静かに意見を述べていた者たちは徐々に意気消沈するのだった。それにしても明敏さを残してはいた、とくに顔の表情や指先の動きに。

背の高い男二人がジェスチャーを交えて話し合っている。そして一人の声が小さくなると、もう一人が腰を屈め、その手首を両手にとる。小屋については、中にいる彼らとその頭上で煙を吐くストーブの長い管が見えたのと同時に、外側から顕わになって行くように感じられた。緑色に塗られた立板からなるその小屋の方へ、高い樅の木が枝を垂らしている。一本だけは別だが。

一人が愚痴をこぼした。頭が痛いのだ。隣の男が立ち上がって、脇に横になりながらその額を両手で押した。「もっと強く」と男が言った。この言葉が再びあの驚きを呼び起こした。

すぐにその理由が分かった。病人の右手にトランプをしている人たちがいたが、その一人が相方を咎めていた、「一番弱いのを出せとは言ってなかったぞ、このあほ！　あれは簡単なニフィ語だ」と。男たちは外国語を話していたのだ。

その言葉がぼくを捕らえたのだろう。ぼくは、まさに文として表現されようとするその瞬間に、その一部を自分の方へ拐《かどわ》かすようにして、その意味を先んじて捉えていたに違いなかった。

ぼくには、それまでの夢でそうした技術を獲得していたように思えるのだった。

——そしてそれによって、競争相手に対する優位を勝ちえていたように。もはや駆け引きをしなくてもよくなってからは、あるいはその心を動かすためにへりくだる必要もなくなってからは、そうした相手の存在もさほど感じなくなっていたのだ。

渡られし橋

ぼくはおそらくその若い女性を愛していた。それとも女性は友達だったのだろうか、あるいは妹だったのだろうか。ぼくに分かるのは、その女性に対するぼくの気持ちは確かなもので、思い起こすまでもないということだけだ。女性は馬に跨ってその橋を渡ることになっていた。二人目の女性もそうすることになっていた。

その橋は幅が広く、舗装されていた。欄干は分厚く、何が渡るのを難しくしていたのかは分からない。とにかく、競争相手は渡り了せたが、その女性にはできないのだった。それは嘲りか恨みに通じるある理由によるのだった。そもそもその理由はぼくの知らないものではなく、覚えはしても認めたくないあれらの感情に似通っていた。

ぼくはテラスもしくは塔にいた。多数折り重なるように連なるあれらの丘と谷間が見えた。一番近い丘の中腹に、その道と橋はあった。そして女性はたしかにその橋を渡っているのだったが、しかし歩いて、馬を手綱で引きながらだった。それから逆方向にもう一度通った。そして徐々に遠ざかって行った。

ぼくは笛を吹いて自分の存在を、また同時に失望を、示そうとした。その失望は主に女性たちが去って行ったことに由来していた。しかし手にしていた鎖の先の銅製の小さな笛からは、風か漣のようなか細い音が漏れ出ただけだった。

それからぼくはイグサの椅子に向き合って座っている二人の老齢の男の傍に戻った。男たちはパイプを吹かしながら示し合わせていた。「十一時前には」と一人が言った、「あいつは容易く捕まってるさ」

あの若い女性の父親のことを言っているのだった。その父親は先ほど徐々に橋から遠ざかって行った集団の中にいた。そしてぼくは、またしても、ぼくの叔父が男に抱いている憎悪並びにその理由を知っているという、紛うことなき感覚を覚えた。それは確かな感覚で、男を怨んではならず、またその憎しみを思い出そうとすることさえしてはならないのだった。

この物語には、ぼくが述べ得る以上の（また有益である以上の）多くの事柄が言い当てられよう。あの決心の重大さがぼくにも明らかになりつつあった。自分が心を決めることは稀だが、とぼくは思った、決心したときには跳ぶのだ。三日目の夜が明けた日、きみはぼくらを互いに遠ざけようとしていた。たとえば「わたしは何々が嫌いよ」と言っていたが、それは「もしかしてそれがあの人の気に入るようなことがあれば、万事休すね」を意味させようとしてのことだった。なんと、ぼくはいっそう濁った淵から立ち戻ったところだ。夢から生み出していたのだ、もう一つ別の確信と、ぼくら二人の間に架かるあの渡られし橋を。

第三夜　了

注

……ぼくら二人の間に架かるあの渡られし橋を。

ド・ジャンリス夫人〔十八世紀後半から十九世紀初頭のフランス人作家・教育者として知られる。代表作『アデールとテオドール、あるいは教育書簡集』〕はこう指摘している、「道はその幅を渡る《トラヴェルス》のである。というのもその長さについては辿る《シュイーヴル》と言うのであるから」(『覚書』)。そして巧妙に付け加えている、「『人生を渡る《トラヴェルス》』と言うのは適切ではない」。いわんや橋においてをや。したがってその語を用いることはなかったであろう、まさにその欠点が、右記の出来事の特徴であった混乱、本来はものを近づける想念なり感情が逆に遠ざける理由となってしまっている混乱を、ひときわ鮮やかなものとしているのでなければ。河は橋がない限り障害である。しかし何らかの理由で通れない橋があれば、今度はその橋が、そこに望みを懸けていればいるほど、障害となる。それは妨害《アラトラヴェルス》するのである。

こういうわけで、バリケードで封鎖された扉は家に入るのを制止する、と言うのは正しい。——壁と同じように。——そう、しかしそれは扉であった。『ロランの歌』〔フランス文学最古の叙事詩。十一世紀末頃の成立と推定される。作者は確定していない〕の吟遊詩人はそのように解しているに違いない——「十の扉を越え、四つの橋を渡る《トラヴェルス》」(百九十節)。またデカルトはこう書いていた——「わたしはその橋を渡ろう《トラヴェルセ》と望んでいたことであったろう」(『書簡集』)。そしてこの『渡られし橋』の著者も。

備考

この小著が書かれたのは一九一六年、前線においてである。当時、精神分析はまだフランスには紹介されていなかったが、わたしはその主要な特徴を一九一二年に出逢った若いドイツ人作家ヨハネス・Nのおかげで知っていた。ヨハネス・Nは、医師フロイトその人によって男色が癒えていた。彼は医師に熱烈に感謝し、言うところの正常なセックスをしたときにはパリのアパルトマンのドアを旗で飾ったものだった。

精神分析とは何か。無論、それは芸術の一形態たろうとも、また心理学たろうとも、いや技術たろうとさえしていない。初めはその価値、法則、方法がいまだ不確実な実験科学なのであった。ところでその科学には一つの特徴がある。

それは、自らを作り上げる動きそのものがほとんど避けようもなく自らを滅ぼすものでもあるということである。学者たちは、暫定的で部分的な真実を明らかにすればそれで満足であると好んで口にする。とはいえ、思いがけず出会うようなことがあれば一般的真実も拒みはしない。ところが暫定的であることは精神分析の本質であり、いわばその目的なのである。

というのもそれは、その原理からして秘密の言語、わたしたちが礼儀や社会的禁忌あるいは単なる遠慮から表立っては表現できない事柄について自分に話しかける――殊に夢の中で話しかける――秘密の言語を解読することからなる科学である。

ところが、秘密の言語というものは、解読されてしまえば秘密でなくなることは言うまでもない。傘やボール、梯子、糸巻など夢の小道具が精神分析によってあてがわれる意味を担っていたとしても、無意識は、秘密を維持するために、新たな記号を生み出し新たなアルファベットを作り上げざるを得なくなる。すなわち、表現のこの上ない自由を強いられるのである。

右に記した小さな物語もそうした自由を分かち持っていればと思う。ヨハネス・Nはといえば、戦時中不幸にも最初の趣味に戻り、妻と別れた。

習慣を失くすエトレ

I　ベツィレウへの女たちの護送

あのマダガスカルの男が、自分はアンボイーブ出身で、第四部隊はここから二日のところに野営しているると中庭から叫んでいる。なにも、そんなことのためにぼくを目覚めさせなくてもいいだろうに。だが、いったいぼくは眠っていたのだろうか。セネガルの女たちは二日すれば、銘々、夫に再会する。それはよいが、さしあたりエトレが彼女たちを監視する。ところで、なぜこの部屋が不衛生なのかがやっと分かった。（はじめは村で一番上等と思えたのだったが。）どれほど上の筵を新しくしたところで、下の古いのが腐っていたからだ。たとえばこの筵だが、市場から買い求めてきたばかりのようにまだ反り返っている。ところがその片隅を持ち上げてみると、そこには藁屑に混じってわらじ虫がいるばかりなのだ。それがもしかしたら乾いた沼のように毒気を放っているのかもしれない。女たち六人が逃げ出した一件がなければ、例の船の話がこれほど気にかかることもなかったろう。エトレが打擲するのを止めてからというもの、彼女たちを率いて行くのは容易でなくなった。それに反乱もある。

マダガスカル人たちがなぜにわかに怒りだすのか、教えてくれる者がいたら、たんと褒美をくれてやるのだが。訳もなくなのだ、まったく。なぜか皆が歓迎してくれると思ったら、その二十キロほど先の村がもぬけの空になっており、と突然、路上で幾本もの火矢に見舞われるということもあった。幸いにも、セネガルの女ひとりが怪我しただけで済んだのだったが。それも投槍で、さほどの傷でもなく……

原因がまったく分からないのだが、なぜか眠れない。この騒ぎでは、と思ってみる。しかし別にわたしは動揺してはいない。いったい自分の何がぐらついているというのか。体は、顎、脇腹、両脚、それぞれがあるべきところにある。じっと身動きせずにいる。いやそういうことではなく、むしろ普段の想念を持していないというべきなのだ。次第に減少してゆき、ついには眠りをもたらしてくれるあの普段の想念を。それが拐かされてしまったかのようなのだ。

あの染み、いやあの痕跡がいったい何なのかを見破ることはとてもできないのだが、それを避けようとする気遣いが、かえってそれに囚われてしまう結果を招いている。それだと分かるためには、毎度違った呼び方をしなければならない羽目に陥っているのだ。そこで、その支えとなっているあれらの言葉をまず付与するということをしなければ、今頃はそれから解放されているのではと考えてみる。ところが、そのそもそもの形でよくもぼくを不安に陥れることができたものだと驚くのが落ちなのだ。

出発の用意が整うと――船の状態は良好とはいえず、船倉は二年前から見捨てられたも同然だったが――ぼくが連れて行かれるのは、いつも決まって大きくて風通しは良いが、その形からして床を被う塵が集まりがちな船室だった。その部屋は、タイル張りのようだったが、高い段を二段上ると天窓に通じていた。ベッドはといえば、影になっている二段目の右側にあるに違いなかった。兵長に十フラン渡して、外に出た。しかし河岸をしばし散歩して珈琲を飲むと、またその兵長――痩せた脚の上に樽のような腹を乗せ、なぜかイポリット・テーヌという名だったが〔十九世紀フランスにその名の高名な歴史哲学者・批評家がいた〕――に同じ不潔な部屋へ連れ戻された。今度こそ、自分を陽の明るさから守ってくれているこの場所を利用しようと思う。ちょうどポケットには、読んでいるところを誰かに見られるとまずい手紙が今朝から入っている。（この塵は足をおくにも邪魔になるのだが、嫌な匂いはしない。）ぼくは段の上に腰を下ろしている。船が鎖を軋ませながら懸命に出航する。一方、手紙はつぎつぎと秘密を明かしてくれていた。と同時に、自分はまさにその秘密を知りたいと思っていたのであることに気づいた。

　もっとも、ぼくは突如滑り落ちてしまっていた。今や丸木船の上にいた。――というより、誰かが丸木船の上にいて、それが自分だった。おのれ自身から逃れ出るとは奇妙なことだ。そうだ、これこそ先ほど避けようとしていた、とはいえ気をそそられもした想念だ。（目の前に現われた大きすぎる月を瞬きして地平線の彼方に追い払うに似て、一種の心の動きでそれを厄介払いしたことを覚えている。）

　あれらの夢は全身の気だるさが元で始まったに違いなかった。あるいはその状態で終わったということなのかもしれない。いや、気だるさというより、わずかでも動こうものなら痛みが出るように背中と腰を縛りつけられている感覚だった。しかしあのマダガスカルの男がぼくを呼んだときには、その感覚はもう消え去っていた。出発はといえば……、以前は、ぼくはこんなにものを考えはしなかったものだ。だからこんな生活を始めてからなのだ。毎晩のシャンパン、それにあの氷の箱、何と莫迦げたことか。明日にはすべて溶けてしまうというのに。いやはや、女の問題もある。ドレスを着たり靴を履いたりした女は連れてくるなとあれほどラヴァオに言っておいたのだが。昨日の女など足をどこにもおけず、まるで千鳥足だった。明らかにラヴァオが靴を脱ぐよう勧めたのだ。ゲットルーの女の方がよかったのだが。（そんなことをしたら、あいつは気を悪くしただろうが。いつも一番若いのはあいつのものということになっていた。）

とはいえ、軍曹たちはぼくを忘れはしないだろう。この五日来、彼らに同情するには及ばない。――そう、あれから五日になる。ぼくらがアンボジトラを離れたのはレモンドの死の三日後の金曜日のことだ。なんとまあ、彼らに奢るとなれば、ぼくは金に糸目はつけなかった。疲れているのはそのせいだとしたら……

いや、少し身を揺するだけですぐに自分を取り戻せた。部屋が不健康だとも思わない。ベツィリリにいたときには同じようなのがいくつもあった。なにせ小屋は沼に囲まれていたのだから。気のせいだとしたら？　しかし生まれてこの方、具合がもっと良かったためしがあっただろうか。奢り方を知らないと咎められてきたぼくが彼らを二人とも泥酔させ、自分もさらに飲んだのだ。これもこれまではなかったことだ。ぼくは明日にでも変わることができるのだ。いや、変わらなければならないのだ。タナナリブに着けばいくら貰《もら》えるだろうか。ぎりぎりだろう。

なぜある人たちは成功し大臣や大将になっていくのか、その訳を知ろうとした時期があった。今思うに、それは彼らのある欠点、自分が勇気づけられ、持ち上げられ、あるいは補われる必要性に関係している。曰く言い難いが、そう感じたのだ。自分自身と折り合いがつかないような日こそ、ぼくには、バナナを手に集まる人々から太鼓とダンスで歓迎されるような、そんな村を通過する必要があった。そうしばしばではなかったが。そもそもぼくは少尉以上に登れはしない。エトレが昨日「今のおれには、人々が群がるのを一週間座って眺めているだけで十分だな」と言っていたが、彼を知るのがどうしてこんなに遅くなったのだろうか。初めはお互いに理解し合えないと感じたのだった。また、自分にすごく満足し、充実し、そう充実し切って、何かをすることが、足を動かしたり「ふう」とため息をつくことさえもおのれを減じてしまうように感じられるときもある。子供の頃、作文の試験でカンニングをしたとき、「おれはいんちきをした」と繰り返し独りごちていれば一週間は満足していられただろう。後はどうなろうと構いやしなかった。博士になりたいと思った日もあった。マダガスカルの人々の慣習やその言語に関しては、ぼくはすでに誰にも見当がつかないようなことも知っている。説明がつかないのはあの反乱ぐらいだ。

そしてそれも分かりつつある。ここにいるのはまさにそのためであるように思える。たとえば米を売りにきた先日の総督がいい例だ。傍に寄るに任せながらぼくは相手の言おうとする言葉を予想していたのだが、それがまさに図星だった。彼の想念がぼくの頭にも同じように素早く浮かんだのだ。アンボジトラを出発して以来、こうなのだ。いや、おそらくそれから二、三日経ってからだ。シャンパンを飲み交わした夕食後、エトレと仲直りしたあの晩以来だ。

ゲットルーはこう言っていた。「エトレが隊を離れたがっています。准尉殿に良く思われてないのが分かっているのです。フランス人がもはや尊敬されていないこの地にいる白人は三人だけだというのに、これは不幸なことだと言っています。准尉殿は構わないにしても、あいつには我慢がなりません。あいつはこの二日間寝ていません」。そこでぼくはシャンパンやアイスクリームを思いついたのだ。またぼくにエトレが必要な存在となったのもそれから後のことだ。じつに、彼が恋しくなったといってもいい。ゲットルーはそれに気づいた。今や、優秀な衛兵はエトレにばかり当てられていると文句を言いにくる始末だ。

昨日、二人が寝ている間に、ぼくは何と長い間散歩したことか。もちろん、散歩をしていると意識せずに。そうでなくてはならない。その間に補給が終わるだろうと思っていたのだが、戻ってみるとゲットルーはもういなかった。それなのに女たちが手提げをいっぱいにしてぼくを待っていた。この前は総督だったが、今度はあいつらに一杯食わされたに相違なかった。もう言い争いは願い下げだ。

それに、米の分配が終われば、つぎに芋、青物、珈琲と続いた。市場で買い物をするのが楽しみだった時があったとは。他のことはすべて放り出しても出かけたものだ。ところが今や、始めるとすぐに気もそぞろになってしまう有様だ。珈琲が済むと、その日の帳簿付けが待っていた。その後は女たちの点呼だ。六人いない。道理でよく眠れないわけだ。さらに、宣教師の誰が持ってきたのか、夢に出てくるあの絵。キリストの周りに雄鶏、台座、垂直な梯子、蛇、水差しそして炎が描かれている。一瞬不安に駆られ、気圧《けお》され、いったいなぜ水差しや台座がそこにあるのか自問するほど自失して、目覚めた。苛まれるあまり、愚かにも聖書の物語を忘れてしまっていたのだ。

ゲットルーは意図的に身を隠したのだ。このところ、自分は何でも押しつけられると言い張っている、遠慮もなく。ぼくがエトレと仲直りした今となっては、それがあいつなりの満足の表し方なのだ。

まったく自然にぼくを仲間扱いして、暑いだの寒いだのと気軽に話しかけてくる。じつはインディアンに盗まれたというのに、自分のものでもない薪をいくらで売り捌いたとか、聞いてやらざるを得ないのだ。エトレは我慢強く聞いている、まるで彼を労わるかのように。

ところが今や、ぼくは素早く譲歩しようとしている。たとえば、レモンドの死に関する報告書を纏めるときに、ずばり召使を告訴すべしという意見だったゲットルーに、「逃げたからといってそれは理由にならない。マダガスカル人は疑われるといつも逃げるのだし、第一それは間違ってはいないのだ」と反論していたぼくが、後に卑怯にも「わたしはギリシャ人かインド人の調査員だろうと思う。レモンドがマダガスカル人と面会するのを許さなかった者がいたのだ」と言って、こうしてゲットルーの真の非難である最も重大な事態を認めたのだ。彼によれば、レモンドに対して権威のあった（と彼が信じていた）他ならぬぼくこそ、彼女がマダガスカル人風情と、というよりあの一人のマダガスカル青年と交際するのを禁ずるべきであったからである。彼女はその青年を召使として雇い、ぼくに手紙を届けさせてはいたが、しかしその後流れた噂、あるいはそのエレガントな服装や今にして思い当たる振舞いがなければ、彼女があの男と夜を共にしたとは想像すらできなかった。つまり、ぼくには、そうならざるを得なくなることを避けようとしていたまさにそのときに彼に譲歩する理由などささかもなかったのだ。ぼくが自らに責めているのはその言葉そのものなのではなく、それを口に出して安堵したこと、あたかもそれを待ち望んでいたかのようであったことなのだ。思いがけない自由がすぐさまぼくを困惑させたらしい。

確かに、レモンドがマダガスカルの男と面会していたことを知って、彼女の男友達の誰かが激怒して殺害に及んだのかもしれない。しかしまた、別の理由も考えられる。そのことをぼくは事件当時誰にも連絡しなかったし、今となってはゲットルーに言うのも遅きに失している。すなわち、レモンドは何も盗まれていなかったことを知っているのは自分だけなのだ。彼女は、最初に立ち寄ったときからして、タナナリブから家族へ送金すべく持ち金すべて――八千フラン余り――をぼくに預けることになっていた。ぼくを信頼していたのだ。自分としてもおそらく他のことも彼女には言うべきであった。しかし人から寄せられる信頼はぼくを躊躇わせる。それは自分の欠点に、たとえばレモンドが「几帳面」と非難したぼくの性格に因るものではないのか。（今の自分を見たら彼女はさぞ驚くであろう。）金は人形の飾ってある箪笥の抽斗にあった。誰も手を付けてはいなかった。レモンドの死が確かなこととなったとき、ぼくはその金を取り出しトランクに片付けた。二週間後に手紙を添えて彼女のお兄さんに送るつもりだ。それにしても給料を貰ってからだ。

　レモンドはナイフのひと突きでやられたのだった。ぼくが最初に発見したのだが、彼女は唇を固く結んでやや硬い感じのいつもの笑顔だった。そのときのぼくの困惑（両眼に狼狽を湛えて）は、鏡を張り詰めた客間で初めて待機することになったときと同じものであったに違いない。生きている女性――毎日会っている、慣れ親しんだ女性の謂いだが――と死んだその女性との間には、写真とその写真に写っている現実の裸の女性との間にあるのと同じ相違が存在する。

　ぼくはその死を悲しむほどにはレモンドに心を寄せていなかった。しかしながら、数日来、自分が見捨てられたように感じていた。そう、その感覚は彼女の死後直ちに始まったのではなかった。むしろ一つの想念が、自己を護るように仕向ける想念の一つがぼくに欠けているかのように思えた。今朝方、そのことを気づかせるような出来事があった。あの腰の痛みだ。それはおそらくぼくが昨夜砂糖を追加しようとしたときのゲットルーの言葉――ぼくは間違っている、砂糖は糖尿病の原因となるという脅し――の結果でしかなかった。というのも、少し体を動かして自分を引き受け直すや、直ちにそれは消えていったのだから。

身なりを整えて外出でもした方がよいのかもしれない。昨日など、食卓で、ご飯の上のこの赤い染みは何かと大声で訊いてハッとする始末だ。先に蕪を掬っていた匙のせいだと直ちに自分で気づいた。ちゃんと分かっていたことだ。口に出すには及ばなかったのだ。それともゲットルーに諂《へつら》おうとしているのだとしたら。自分を蔑ろにしている、ここ数日どうでもいいことばかり話していると、あいつはぼくを非難しているのだ。

別のことも考えている。レモンドのお金を二つに分けた方が良いかどうか思い出そうとしているのだ。お兄さんに一度にすべてを送らないように、ぼくに頼もうとしてはいなかったろうか。兄さんは少しも残しておかずにばかなことをしかねない、ひと月かふた月してから二度目の送金をするのが良いのではないだろうかと。それとも手紙をくれたのだったろうか。たとえば、あの日、丘を散策し、干草を燃やした後で。

鉛の箍《たが》、鉄の箍、
嘘をついたらわたしは地獄にゆくわ

などと歌わせて、ぼくを愛してはいないことを彼女に誓わせたりしたのだ。

ぼくらはまるで子供のように楽しんだ。風が強くなかなか火が点かなかった。「点かないということは悪いのが混じっているのよ。気をつけてね」。ぼくはさらに干草を集めた。やっとのことで火が点くと、その上を飛び越えて遊んだのだった。そのときぼくは、エトレと結婚すべきでは――仲が良いという噂だった――、似た者同士だ、二人ともはにかみ屋で、と言ったのだ。精霊のように三回まわって姿を消すような真似もした。「おれはおまえの幸せとなる」と叫んで茂みに飛び込んだ。ところが彼女は二度もぼくを呼んだのだ。からかわれていると思ったらしい。というのも、その日の晩に次のように書いてよこしたから。奇妙な娘だった。

あのようにお別れした後では、今日も明日もあなたは戻ってこないと知っています。だからこの最後の言葉をお送りするのです。

あなたのおっしゃることはごもっともです。わたしの行いはまったく気違いじみていることは確かです。それはよく分かりました。でもわたしの置かれている状況をお考えくださればたぶんもっとよくご理解いただけるでしょう。もちろん、異国の男に突如、見境もなく、逆の立場なら許されることなのかどうか考えを巡らせることもなく思いを寄せるなど、分別のないことです。お許しください。

けれどもだからといって、公の場であっても、友情を示してはいけないのでしょうか。でも今朝の冷たい仕打ちはよして。お願いです。それにあの嘲るような言葉も。具合が悪くなりそうです。

あなたの友、レモンド・シャリナルグ

あの頃、ぼくはなんと陽気であったことか。気にかけるべきは自分の小屋へ向かう小径、柵、沼、オタマジャクシそれに手紙を持ってきてくれる召使いぐらいのものだ。好きなだけの無邪気が許されていた。ぼくを変えたのはレモンドの死だろうか。ひとはおそらくこのようにして人々を懐かしむのだ。事の仔細を明らかにしようと状況を検討し出すや、その他の事柄が見失われる。手紙の最後にはさらにこうあった。

それからあなたにお願いしたいことがありましたわ。次のご旅行の際タナナリブまでお金をお持ちくださり、待っている家族に送金していただきたいの。ですから、今晩八時か九時にいらっしゃるようお願いします。いらっしゃらないからといって恨んだりはしません、ただ、わたしがどんなに独りぼっちかお分かりいただきたいです。独りでいるのが幸せなどというのは嘘です。何やらよく分からない美徳を気取るのはもう止めました。

エトレに頼まれて会いにきたあの日、彼女は本当にぼくに恋したのだろうか。彼女からの最初の手紙を受け取ったときぼくは驚きのあまりしばし呆然としていた。いや違う、あれは紛失してしまったのだ。ぼくが手にしたのは二通目の手紙だけで、そこにはこうあった。

考えてみれば、あなたはわたしとではなく、現地の人たちとともにお過ごしになる方が良いのですわ。ですから、先に召使いが渡した手紙は無かったことにして。わたしの心の乱れもお忘れになって。でもあなたが好きです。でも遠くからの方が良いのですわ。友情を込めて。

結局あの最初の手紙はおそらく書かれなかったのだ。彼女が相手では何が何やら分かったものではない。しかしお金を分割する件については、断じて何事もなかった。「兄さんは頭が変なのよ。まともじゃないの」と何度もぼくに言ってきてはいたが。

なぜゲットルーは召使いに対する報告書を作成しようとしたのだろうか。エトレ共々呼びつけて「世の中をばかにしてはいけない。ぼくら三人が知っている通り、やったのはマダガスカル人ではない。この国の人々に大した長所はないのかもしれないが、しかしそんな悪徳は持ち合わせていない」と言うべきだったのではなかろうか。ギリシャ人の誰か、それだけの話だ。自分に嘘をつくには当たらない。

結局のところ、あいつらには何も教えなかったと思う。単に、興味をもつ権利がある人間は数少なかったので、あの殺害は重要ではなくなったのだ。(たしかに、心ならずもではあるが。)言いたいことは、日々の日常生活、白人よりずっと黒人と関わりの深い生活における重要性だ。フランス人は稀であるためにあいつらはいっそう親密になり、相互の間にあり得たかもしれぬ齟齬を弱めることにもなったのだ。（ついにはレモンド自身がその殺害の共犯者であるかのように思えてきた。）

殺害はそのせいでその残忍さを増したように映ったはずだと思われるだろう。それはあり得たとは思う。しかしそのように感じた記憶はない。それはおそらく、マダガスカルに下士官として勤務している状況が、フランス人として暮らしているというより一般的な状況に勝っていたからであろう。さらに、三人のうちの誰かが殺人犯であるかもしれなかったために、殺害を単なる事実として思い起こすことがなかったからだ。

五日前に、やったのはゲットルーに違いないという考えが浮かんだ。今やあいつはぼくとは何の共通点もなく、別世界に生きているような感じがするのだ。それはあいつも承知で、大雑把で無関心になったのはそのせいなのだ。先程、二人してぼくの小屋の前を通りかかった。ゲットルーが木戸を開けながら言うには「小鳥さんは何をしているかな。相変わらず寝てるな」。エトレは筵の上にノートを置いて「報告書です、准尉殿」。ここから表紙が見えるが、旅日誌だ。少佐から命じられていたのだが、ぼくは軍曹たちに付けさせていた。ということは、ぼくに返してよこしたのだから、エトレは旅が終わったことを知っているのだ。ぼくは寝ているふりをした。もう少し休みたいのだ。たしかに、昨夜はほとんど眠れなかった。辛いのは目覚めることではない。そうではなくて、目覚めている自分に出逢って「では眠れなかったのか」と自問させられることだ。しかしながらぼくは眠っていた。というのも、今しがた、すべて屋根裏部屋となっているどこかの六階で、ぼくはエナン帽を被ったご婦人方に給仕していたのだから。（この一風変わった細部には吐き気がするほどだった。）そのご婦人方は立ち上がって出ようとすると被り物が戸口の上枠にぶつかるので、屈むか妙な格好にならざるを得ないのだが、思いのほか様々なその仕草のどれも相応しい姿勢にはならず、結局のところいずれかの戸口の前で立ち止まり、諦めて腰を下ろしておしゃべりを始めるので、もはや被り物が波のように揺れるのが見えるのみなのだった。

レモンドのエナン帽も非常に高く、それゆえ威厳のある風格が漂っていた。彼女の優しさを思い起こすとき、ぼくはいつもある種の恨みを抱く。優しさとそれから声を。その声で彼女はぼくに「わたしの唇がどんなに乾いているか感じてみたくはなくて」、さらに「わたしが欲しくないの」と言ったのだ。しかし、二人にあっては、彼女こそぼくに焦がれていたのは明らかだった。おそらくそれだからぼくら二人は対等ではなかったのだ。ぼくは自分の方が上だとも思っていなかった。それゆえぼくには何の義務もなかった。それに、彼女がぼくを尊敬しているようには、あるいはぼくに感心しているようには思えなかった。あまりにもぼくの愛を得ようとしていたからだ。そのことは、軽蔑や、また疑いをかけるだけで生まれる、人をひどく傷つけることが知られている別の意識（たとえば自分を彼女よりも若いと思うとか）を、生み出しかねなかった。ぼくに求められたなら、彼女はぼくを自由に判断することができなくなり、ひいてはぼくも忠言を無視し難くなろう。彼女の考えはぼくには貴重となったに相違ないのだから。

II　旅日誌

分隊は准尉、軍曹のゲットルーとエトレ、それにマナボ（メナベ）まで連れて行かねばならないセネガル人の女三百人から成る。

十二月二十七日　アンバトメナ到着。ここではインゲンとサトウキビが栽培されている。

二十八日　モロナに到着したとき、赤いスカーフを纏ったマダガスカル人の行列と行き交う。

二十九日　一日で二十キロ進む。

三十日　マツァラはベツィラフィの女王の居住地である。われわれは光栄にも女王に謁見した。年老いて、あまり美しくはない。セネガルの女二人が死んだ。

三十一日　住民はいつも信頼を示してくれる。泥の中マングローブ林を一時間歩いてポツィポツィに到着する。

一月一日　野営地のマンツィ村から三キロ離れたところまで行って米を買い求めざるを得なかった。准尉がすべてを監視し、われわれをわが子のように扱う。

二日　朝七時に、篠突く雨の中、野営を解く。ナフタラナ川を横切るために、われわれはフランネルのベルトを互いに繋ぎ合わせる。

三日　ツィラヴィに到着。セネガルの女一人が死ぬ。ここ二日間、女は足を引きずり護送を遅らせていた。

四日　午後四時にアラカミズィに着いた。村長は肺結核を患ってはいるが愛想がいい。

五日　晩方八時にアンブーツィリに着く。この村には百の小屋があるが、それらは木の枠に棕櫚の葉を刺した仕切り壁から成る一種の檻にすぎない。

六日　アンバトフィランドラナには宣教師とマダガスカル人医師がいる。薬を買い込む。女たちは冊子を受け取る。

七日　宣教師は藁布団を三枚貸してくれた。ふだんは棕櫚の葉を編んだ筵に寝ている。作りはとても良いのだが、硬く、脇腹が痛い。

九日　女たちは三つの人種から成っている。ヨロフ族、バンバラ族、トゥクールール族だ。彼女たちはしょっちゅう口喧嘩をする。なかなか満足させ難い。宗教儀式のときでさえ、振り返ってうんざりした様子をしてみせるのがいる。鞭打つ振りをするとすぐに列に戻るが。

十日　午前中、百五十戸からなるイラカ村に寄る。総督はずるそうだが愛想はいい。ちょっとしたプレゼントをしたところ、悪くは思われなかった。その反対だ。

十一日　アンビゾでは若鳥がたったの七スーだ。しかしフランス人の主食たるパンやジャガイモはいつも不足している。
十二日　アンバトマンジャカまで歩く。その村に着くや、女たちが鵞鳥を九羽盗んだ。うち六羽は取り返したが、残りはわたしが支払い、女二人を裁いた。
十三日　分隊が少々騒がしいので直ちに出発させ、村から十キロのところで野営させる。准尉は、情報を得るため九日にアンボジトラまで脚を伸ばしていたが、マンティーブでわれわれに合流した。アンボジトラで野営するらしい。
十四日　女たちの話し声が喧しい。それゆえわたしはまずは話を聞かないことにし、つぎに話しかけないことにした。彼女たちは激怒したが、致し方ない。
十五日　午後、マダガスカル非正規軍の攻撃を受ける。五時にはベファス村を占領するが、そこはもぬけの殻である。攻撃は夕方まで続きはしたが、労せずして潰走させる。この地域は樹木に覆われてはいるが、コーヒー豆とサトウキビの栽培に適しているように思われる。
十六日　八時三十分にマハツァアラ村が見渡せるところに出る。この村には湿地の中央におよそ二百の家屋がある。年老いた入植者が自分のコーヒー農園を案内してくれる。彼は多くの点でわたしと同じ意見である。たとえば彼は言う、「若い者が、自分は街道に住んで、マダガスカル人を二十人ほど使って大農園を経営して行けば、大いに稼げるだろう」
十七日　弱っている木製の橋を伝ってマナンドナ川を渡る。前掛けの曲線の加減で、川の水は太腿にまで達した。
十八日　やっとアンボジトラに到着する。その地で、七月に初めて南部に旅したときに知り合ったヨーロッパ人グループに再会する。義勇軍衛兵のユグナン氏、入植者レルメ氏、オルス大尉、それにマダガスカルのレース編み女工数人を雇っているシャリナルグ夫人たちである。わたしは親しく迎え入れられた。

アンボジトラの市場には米とキャッサバが揃っている。

二十日　准尉が不在のため、ゲットルーが買い出しをせねばならない。若鶏を一羽当たり三十サンチームで買い取っている。おそらく売り手はくすねた輩だ。市場では、藪で捕獲したのよりもずっと品質の劣ったものでももっと良い値がする。そもそも巧みに盗むことはマダガスカル人にとっては美点なのである。自分の行動の結果についてはあまり考えないということだ。たとえば、手紙を手渡すよう頼んでも、わざと間違えて、受取るべきではない人に渡すことも十分あり得る。たとえその為には一日二日手元で預かる羽目になるとしてもだ。

准尉は、昨日のシャリナルグ夫人殺害の件で調査にかかり切りである。彼女がマダガスカルの人たちと出歩いていたという噂だが、それは信じられない。殺したのは彼女の召使いだろうとも言われている。

二十一日　召使いは見つかっていない。われわれは出発するために調査が終わるのを待っている。

わたしは優れた書き手ではない。しかしながら率直に思いを綴るよう努める。後を継ぐ者たちにとって非常に役立つと思われるからである。わたしは今や経験上、島の様々な人たちを知っている。アンボジトラ地域の原住民は臆病な上に無気力で、あまり勤勉ではない。女たちは白い服を着ていて、髪型が奇妙である。三つ編みが数多く下がり、両耳の脇でそれらが艶やかな蝸牛の形に纏められているのである。絶えず藺草を編んで筵や籠を作る習慣に因るものと思われる。身なりはかなりおしゃれで、素足を見せない。靴を履き始めた者さえいるが、その扱い方が未熟である。風紀はこの上なく堕落しているが、それはおそらく風土と習慣のなせる業である。

二十二日　われわれはまだアンボジトラに留まっている。セネガルの女たちは苛立っている。夫たちは遠くなく、もう数日で会えることを分からせようとするが、最も難しいのは牝鶏を盗むのを止めさせることである。わたしはすべてにおいて完璧な正義を望んでいるが、ときにそれを獲得するのにかなり苦労する。いずれにせよ最善を尽くしているが、目下、個人的自尊心の観点から問題が起きている。午後、またしても攻撃され、女が一人、手を投げ槍で刺された。フランスでは島は平定されたと信じられている。自分が意見するのは控えるが、しかしわたしの知る限り、平定されたように見える地域においてさえ、若者がわれわれに挨拶するのは恐れからであり、また年寄りは他国の影響に唆されてわれわれを変な眼で見るのである。将軍に熱意が欠けているということではない。単に下の者にうまく補佐されていないのである。そのようなことがなければ、それほど恐ろしいとも思えないマダガスカル反乱軍は早々に押さえつけられるだろう。総督は怖れられ、また敬われている。マダガスカル人の前でその名を唱えるや、その男は感じ入ったかのように両眼を開く。勘違いしてはいけない。たとえ男が狡猾であろうとも、その視点はなかなかに正確である。推理したからといってその行動の単純さは減じないのである。実施されている政策の欠点を要約している些細な例を見つけた。以下に紹介する。

ともに不服従の隣り合った二班、甲班と乙班があるとする。乙班の指揮官はあまり行動的でなく、人々を構わずにおく。したがって乙班は平和である。
甲班から追放された反逆者たちが乙班にやってきて、不安のない仲間たちに合流する。よって両班とも隊長との関係においては平和である。ところが指揮官二人が交代する。甲班の新たな指揮官は以前乙班の指揮官が実施していた政策を行い、乙班の新指揮官は甲班の政策を施す。乙班にやってきて落ち着いた反逆者たちが一騒動起こす。すると地域全体がたちまち混乱する。鬼ごっこだ。

二十三日 調査は終わりそうにない。われわれは午後三時にアンボジトラを離れる。細い道を踝まで砂に埋まりながら進む。雨が降っており、びしょ濡れになる。しかし太陽が現れるとたちまち乾く。というのも陽射しが焼けるようなのだ。これはおそらく太陽が欧州ほどは地面から離れないからだ。夜でさえとても明るい。

二十四日 イヴォンドゥロからはマツィリィ河を丸木舟で行く。細心の注意が、とくに身動きしないことが必要だ。ちょっとした動きが舟を転覆させかねない。われわれの船舶より軽いのだ。

二十五日 マツィリィ河は所々川幅が百十メートルにもなろう。舟を漕いでいるマダガスカル人たちは不可解な歌を空に響かせている。とはいえその歌には独特な様式がある。そのせいで暮らしが楽しく感じられる。

二十六日 われわれは今やマハボへの道を進んでいる。ここでちょっとした逸話を記しておきたい。わたしは毎日、マダガスカル人の人足がベツィリリから筵に包んだ遺体を運んでくるのを目にしているが、その一人に問うてみたところ、「あっちではいっぱい食べない、いっぱい死ぬ」と言っていた。
　ここには怠慢があった。人足の休憩地を設け補給を容易にすることができたはずだ。フランスのために働くことによってこの地方で何人の人が命を落としたことか。正確な数字は分からないので黙ることにする。しかし人間的であることは禁じられていない。

二十七日　眼前に広がる森や山は、今しがた横断してきた平坦な地域と対照をなしている。マダガスカルの事物の異様さはそこの人間の異様さに呼応している。道を曲がるたびに風変わりな風景が現れる。なぜこのようなのかを正確に知ることが重要であろう。渓谷地帯を再度通るとき、何人かの黒人が一群の牡牛に田圃を踏みつけさせているところを目にした。土地を耕す彼らなりのやり方なのだ。

二十八日　マダガスカルの色々な交通手段について少し述べたい。一、駕籠。担ぎ手は四人。二、丸木舟。これについては先に述べた。三、フランスの自動車ルフェーブル。荷物用。そのハンドル棒はガラスのように折れ易い。車輪が泥にはまると抜き難い。四、小包を運ぶ人足は二十五キロの荷物を担いで日に容易に五十キロ行く。五、水牛。飼育を始めた。六、イコパ川で蒸気短艇に出逢った。非常に役立っている。七、そして最後に歩行。これについてはヨーロッパと同様である。ただし、慎重であらねばならず、とくに日光に用心が必要。
　かなり複雑で、今は未解決のままに留めおかざるをえない問題がある。三十七番の女が四十二番の女に、その女が盗んだであろう一本の投げ槍と二本の指輪を要求しているのだ。証人を立てないので、わたしのいる前で女たち全員に通訳を介して尋問している。ゲットルー軍曹が協力を拒んだので、尋問が済んでないのがまだ六十人いる。

二十九日 アンボイーブの総督が到着し、第四部隊は遠くないと准尉に告げた。われらが麗しき褐色の女たちは、銘々、夫に再会できるのだ。この日誌を終えるにあたり、主にここ数日来多くを知ることとなったサカラヴァ族について少々述べておきたい。とりわけ不実でよく物を盗む男たちである。勇猛な良き戦士ではある。その服装は人物同様に粗野である。主に砂金採取を生業とし、それを米や武器と交換している。彼らはその髪型で見分けがつく。長く伸ばし、それを金や銀の輪っかによって頭の後ろ側で留めているのである。彼らが、ことにミアンドリ地方で、何を主食としているのか疑問である。米は珍しく、高価なのである。その顔は非常に黒く、皆似通っている。彼らの側でもまた、白人は皆似ていると思っているのかもしれないが。われわれのことをどう思っているのであろうか。たとえばわたしとゲットルーの違いがあまりよく分からないと言ってきたのがいた。

軍曹　エトレ

III　エトレが習慣を失くす

エトレは単に、班の指揮官たちは反乱を自ら呼び込んでいると言いたかったのだ。しかしそれは少し雑な言い方だ。区別しなければならない事柄があろう。もちろん、故意にそうしたと考えているなら、それは間違っている。いずれにせよ、あの報告を実行に移す術はない。リニョ大尉の姿が目に浮かぶ。自分で日誌を付けた方が良かったのだ。しかし、エトレが植民地化の方法をぼくに提案してくるなど思いもよらなかった。

とはいえ最初からそうだったわけではない。初めの頃は、到着した、出発したと、嫌々ながらであったことが分かる。それに二人が交互に担当していたようだ。筆跡が二種類あるのだ。サツマイモを思いついたのはゲットルーだ。ところが、二十日以降はエトレの手ばかりだ。念入りになって、こちらからあてがわなくとも自ら労役を作り出していただろう。彼は内側に入ったのだ。それに編んだ髪、余りに暑い陽射し、指輪の調査……なんと、あいつも物知りになりたかったのだ。

一瞬浮かんだ感覚がわれながら嫌になる。あの日誌が、まるでそれまでは書かれていなかったかのように、深まり広がり始めている。病的といってもいいくらいだ。それに、間違ったことをすることがこれほど密接に体に関わることだと、なぜいままで誰もぼくに教えてくれなかったのだろう。さらにこの空っぽの頭、というか繰返し同じ思いが去来する。しかし日誌がなくとも抜け出せたはずだ。そう、あのような夢を散々見はしたが。ところが今や……

様子が変化したのは、間違いなく二十日以降である。じつにいきなり正真正銘の日記となり、誰かは分からぬが他の誰かに知らせようとしている。エトレはもはや自分ひとりでは事足りなかったのだ。ぼくには自分に向けられた合図だと分かる。あいつらは髪の毛や陽射し、あるいは調査を言いたかったのではない。そうではなく、今やこの身に起こるすべてのことに付け加わるあの別のものを言いたいのだ。それはぼくの思い出までも襲っては崩す。

ぼくはある晩、レモンドに訊いた、「なぜおまえには、皆と同じように眼の中に一つではなく二つの光点があるんだい?」「一つはわたしので、もう一つはわたしが正面から見ているあなたの眼のよ」「するとぼくには三つあることになる。おまえのが二つとぼくのだ」「わたしは四つね。わたしたちは向かい合っている二枚の鏡のようね」。いったい、眼とは何なのだろうか。

エトレの心の内にも同様の気遣いを辿ることができる。時の経過とともに自明な事柄が減りゆき、ついには自分の歩く姿を、外側から別の男が見ているように見るに至るのだ。疲弊し、後悔に心奪われるときなど、綴りを間違えたり言葉に詰まったり、あるいは極度に正義にこだわったり原因を究明したりするあまり、ひとつ事に拘泥し、普段なら習慣を身につけるところを逆に身につけた習慣を失くしていく。エトレはそのようにして最も自然な動きを熟考するに至るまで崩れいったのだが、それがぼくと違う風であったとは考えられない。最も単純な想念、それを身につけるのは最も単純なことではないことを、ぼくは今や知っている。いったい、彼に何が起こったのであろうか。

(ぼくが夕べをともに過ごしたタマタープの入植者たちは、彼らの言う「卑劣なブルジョワ野郎」に対して間違った思いを抱いている。そうしたブルジョワの輩が思い切った行動に出られないのは優柔不断や無関心のせいであるとかれらは思っているのだが、落着いて考えてみればそれが間違いであることが分かる。指図されている人々が用心しなければならない危険をどう名づけたらよいのか未だに困惑するが——それとも彼らがそれを予見する術を心得ているとしたら——、しかしエトレを読むとその危険が認められるのだ。)

ということは、あいつは本当にそれほどレモンドに嫉妬していたのだ。

ぼくはゲットルーが怪しいと思い始めていた。自分は潔白であることをまだ疑っていなかったからだ。(もちろん、潔白とはどういう状態をいうのか心得ているつもりでいた。)あいつを変わったと思ったのは、じつはぼくがあいつを別の位置から見ていたからだともっと早くに気づくべきであったのだ。以前のぼくの立ち位置はもう失われていた。

心の底で自分に罪があると思っていたということは、ぼくは金を返さないであろうことを予期していたのだ。そうすることは容易であったろうに、思いつかなかった。自分自身に対してあの疑念という利得を維持することを止めた——まさにあの最初の夕食、最初の出費以降——とは、いったいどうしてなのであろうか。明晰さを保っていれば手放しはしなかったのに。では優柔不断であったことが、おそらく、ぼくの唯一の過ちとなったのだ。

　このような符合によってその曲折と外形が今や見分けられるあの痕跡、それをぼくはついに捉えることができる。それに由来してあれらの動揺が現れ出たのだ。抵抗するにエトレのように必死になるには及ばないものの――ぼくの過ちはそれほどは重くないのだ――、結局は同じ様で、内には持していなかったがゆえに外にその処し方を求めざるを得なかったかのようなあれらの動揺が。レモンドを殺《あや》めたのはエトレであることをこうして発見し――出来事を裏返しに見ているようだった――、かたや自分は五日来盗みを働いていたことを認めざるを得なかったのは、一つの満足といってよかった。

ジャン・ポーランの短篇小説の世界

物語作家としてのポーランはすべてを語り尽くしはしない。[1] 以下においては、ここに訳出した短篇小説五篇にわたしが読み取ったものを紹介して、解説に代えたい。

一 『ひたむきな戦士』『かなり緩やかな愛の前進』『苛酷な恢復』について

これら最初の三篇は一種の三部作とみることができる。実際、その中心的テーマ——すなわち、順に戦争、恋愛そして病——こそ違え、そこには一つの共通した体験が語られている。それは、おのれが、世界の上に立ってそれを認識する主体としてではなく、いわゆる対象世界の一部となりきった単なる一存在として受動的に存在し、そしてそこに大きな歓びを覚えたという体験である。

一作ずつ振り返ってみよう。

『ひたむきな戦士』の主人公は「期待も恐れも抱かずに、外側だけの存在となったかのようにして」出撃した。そして敵軍の塹壕を襲撃し奪ったとき、「心のうちには、行為に対する直接的で記憶のない意識よりほかの意識はなかった」のである。したがって本篇末尾の文章、「再び地に堕ちた今、少なくとも、ひとつのイメージとあの種の秘密の徴を保つことができますように」にある「秘密」とは、それまで内向的にすぎるというおのれの弱点をひたすら努力することによって克服しようとしてきた主人公が、辛うじて幾度か垣間見ることができたにすぎないあの自己と世界が一つとなる「単純さ」の境地に、出撃し負傷するという体験によって一気にかつ完璧に達し、そして大きな歓びに全身を領されるという体験なのであった。

次作では、「自分自身についての思い」を始めとして少なからぬことが危険に晒される重大事、愛のアヴァンチュールにおいて、図らずも求めていたものを手にしたとき、主人公には、自分が「自分を超えて」、「自分とは別の者として」振舞っていたように思われ、それは「自分が居合わせることなく」終わってしまったと感じたのである。

そして、重い肺炎を患った主人公がいかにして恢復することができたかが語られる第三作においては、たしかにその恢復は「自らの考えを利用する」主体性によってもたらされはした。しかし、それは「死を受け容れる安易さから身を護る」手段として不器用と言わざるを得なかったのである。なぜなら、恢復することによって失われたもの——幻想に受動的に身を委ねて省みない「魅力」——こそ尊かったからである。それを失った恢復は主人公には「苛酷」と映った所以である。[2]

さて、こうした《存在の受動性》の体験をありのままに語るには、それにふさわしい語法が必要ではないだろうか。というより、そもそも言葉なるものが人間の主体性を前提とし、主体としての人間が世界を認識するために使用する手段であるとするならば、それは、件《くだん》の体験とは本質的に相容れないものではないだろうか。まさに三篇のいずれにおいても語り手はこの問題に直面しているのである。一例を挙げれば、『かなり緩やかな愛の前進』において、自らの恋愛体験の内実を叙述するためには〔ふつうの表現方法とは〕異なった仕方で、異なった言葉、いやむしろ言葉とは別なもので書かなければならない」必要性を感じている。しかし、そのとき語り手は、そのように考えることこそ「誤り」なのであり、問題の体験は、その特異性にもかかわらず、「〔他の事柄と〕まったく同じ仕方で書かれねばならない」と述べている。

常套句の力

ところで、ポーランは、「二〇世紀前半という明白にレトリック嫌いの時代を通じて、終始それへの関心をしめしつづけた数少ない人のひとり[3]」として知られている。というのも、主著とされる評論『タルブの花』において、《ことば》よりもそれによって表現される《考え》を重んじ、それゆえ《ことば》をレトリックで飾ろうとする修辞家を断罪して《考え》の純粋さを守ろうとする言わば恐怖政治家に対して、レトリックの使用を擁護したからである。

ところが、この考え方は、すでに初期短篇中で議論されていたわけである。ポーランは、《存在の受動性》という特殊ではあるが真実の体験を語るには、自己流の特殊な表現法によるのではなく、逆に、すでに存在するありふれた普通の言葉によるべきであると悟っていたのである。そして、ありきたりで出来合いの言い回しの最たるものであり、しかも本来豊かな表現力を有していたからこそそうなることができた言葉が常套句である。したがって、そうした常套句を引用するならば、われわれはいわば語る主体性を言葉自体に譲ることになり、一方われわれ自身は、言葉が自らを語る場とでも言うべき受動的な存在となるであろう(4)。

さらに、ポーランにとっては、この受動的世界を体験させることが、少なくともその体験へ誘《いざな》うことが、文学の一つの役割なのであった(5)。

二『渡られし橋』について

この作品は、事の経緯が不明なため読者が作品に入り込めない、極めて謎めいた作品と評されるが(6)、ここでは、この作品に即して、「見た夢を語ること」及び「語られた夢を読むこと」で拓《ひら》かれる世界について考察したい。

見た夢を語ること

本短篇は、全体が「第一夜」、「第二夜」及び「第三夜」の三部に分けられており、そしてその各部において一夜に見た三つずつの夢が語られる。各部はまた夢の叙述部分と、導入及びそれら一つひとつの夢についての、あるいは夢をめぐる状況全般についての説明部分に分かれる。そのような構造によって、夢の語り手は、位相を異にして重層するいくつもの自己を体験することが可能となっている。すなわち、夢物語の主人公としての自己、その自己を身体的分身とする意識としての語り手の自己、そしてさらにそれを説明=分析する自己である。

ところが、さらに語り手は、「ぼくはしばしば男が自分のような気がした……それから男から離れた、不器用で年老いていたので」のように、主人公以外の人物にも一瞬、自分を認める。が、すぐにその感覚は消える。しかし、老人が自分に似てはいるが異なっているというこのことこそ重要なのである。語り手は、自分は何者かと自問しているのであるから。

同じような類似と相違は、相手の女性に関しても見られる。森で出会った娘は、「きみに似てはいない」ものの「きみが授けてくれるのに似た歓び」をもたらしたのである。

また最後の夢で、馬の手綱を引いて橋を渡るとすぐに道を引き返してしまった若い女性も、彼女に対して改めて思い返すには及ばない「確かな気持ち」を抱いてはいるものの、それが愛であるのか、あるいは彼女は単なる友達もしくは妹なのか定かでない。

このように、『渡られし橋』で語られる夢の中においては、すでにして重層的存在であった自分は、いわばおのれの情念として存在するにすぎず、また対する相手も同様である。ベルマン=ノエルの言葉を借りれば、われわれは「自分自身の行為や身分、言葉あるいは思考を所有しているのではなく(7)」、またわたしという主体は「一連の精神現象の効果(8)」にすぎないということが、夢を語ることによって明らかにされると言うこともできよう。

本短篇においては、語り手がみずから見た夢の不透明さに行き当たり、執拗にその解釈を試みている。したがってそれに導かれて読者もまた不思議な夢物語を繰り返し読むことになる（最後の説明部分では解読を誘われてもいる）。たとえば、第一夜の三番目の夢に出てくる「奥まっている灯り」もそうした異様な一節である。主人公自身、その現象が不合理であることを意識している。そしてそれにもかかわらずそれは事実であることを主張しようとしている。その灯りは一本の糸ほどの赤い光で、横を通り過ぎた直後の一瞬、振り返ることによって目にすることができたというのである。時間的・空間的な際どさが、運動感覚と相まって、この光の知覚を先鋭化している。

このように主人公は、しばしば全体的に漠然とした状況内におけるある特異な細部に強く感覚を刺激される。無論こうした例は視覚的なものに限られているわけではない。「音」も随所で効果的に働いている。「滑車の軋む音」「足下の道路の反響」あるいは「風か漣のようなか細い笛の音」などである。

もう一つ、登場人物の反応が感情によってなされていることにも注意したい。彼らの思いが、言葉によってではなく、「気詰まり」や「不安」あるいは「驚き」や「失望感」という感情を通して伝えられるのである。

このように、この短篇においては、夢に現れる行動が感覚的・感情的に表現されている。ところでこうした感覚なり感情は読者一人ひとりにとっても文字通り身に覚えのあるものである。したがって、物語の状況が具体的に限定されておらず曖昧であるにもかかわらず、読者は作中人物に入り込む。そしてそこから、テクストの一つひとつの言葉に立ち返りながら状況をみずから観念的に組織してゆく試みが可能となるのである。つまり、語られた個人的な体験にすぎなかった夢が、こうして読者一人ひとりがおのれの「世界の地平(9)」を見直す契機となるのである。

言葉以前への夢

自分の言葉が声とならず、思いを相手に伝えることができない夢が最初に語られていたことに窺えるように、語り手は、女性との関係において言葉に悩まされていたに違いない。彼が言葉に対して極めて敏感であったことは、ある男の話し振りについて、妙に「遠慮がち」で「言葉を次々に継ぎ足して、決して本当のことを最初に言わない」といった指摘をしていたことにも現れている。

それでは、おのれの夢を語り、またその夢をみずから解読するという作業を繰り返したことによって、言葉との関係にいかなる変化ももたらされなかったのであろうか。決してそうではない。第三夜の二つ目の夢において、自然に意味を理解した言葉が、驚いたことに、じつは自分の知らない言語であったことに気づいたとき、「まさに文として表現されようとするその瞬間に、その一部を自分の方へ拐かすようにして、その意味を先んじて捉える」技術を獲得していたことを知らされるのである。そ言葉となって表現される以前の、いわば生《なま》の意味をじかに捉えていたに違いないというのである。そしてそうした言葉以前の橋を渡って女性と繋がることができたのであろうと思われるのである。

がしかし、それも所詮、夢の中のことである。けれども、だからといってこの作品の価値が減じることはない。というのも、それはブランショのいう「書く者が自らを探求するために、ついでその追及の動きを、すなわちどのようにして語ることが、したがって書くことが可能なのかを探求するために、自らを語る[10]」物語たりえているからである。このとき、「語られた夢は、一つの文学的創造の生成過程であることになる[11]」であろう。また件の技術は、相手の表現を解読する術として、いわばひとつの裏返された修辞学となるであろう。そしてさらに、感覚や感情に訴えかける表現によって、ラズロの言葉を借りて言いかえれば「コントや神話と同様に夢物語の中に存在する何かを感じさせる力、想像の生み出すものを養い豊かにする力[12]」によって、読者を独自の空間に惹き入れ、新しい思考・行動形態へと誘《いざな》ってやまないからである。

三『習慣を失くすエトレ』について

この作品は、不可解な殺人事件の出来とその思いがけない解決を主題としており、一種の「推理小説[13]」と見なすことのできる物語である。しかし、この作品に秘められた謎の魅力はそうした興味に尽きはしない。そこには「文学」についての、あるいは「言語」についての若きポーランの考えが示されているように思われるのである。それはどのようなものなのであろうか。

軍曹エトレは、同じく軍曹のゲットルーとともに、一准尉のもとマダガスカル島において三百人のセネガル人女性を彼女たちの夫のいる植民地軍へ護送する任務についている。この遠征の日誌をつけるのも二人の軍曹の役目である。そして三部構成となっている本作の第二部をなしているのはその日誌である。それに対して第一部と第三部では准尉が語り手となっている。第一部は、准尉個人にまつわる遠征中の出来事と、それが誘因となって生じた彼の心的変化を主な内容としている。そして、軍曹たちのつけた日誌を読むことによって初めて彼が事件の真相を知り得たことが語られるのが第三部である。いったい日誌のどのような記述に、何を彼は読み取ったのであろうか。

准尉によれば、問題の日誌は、その筆跡から当初は軍曹二人が交代で付けていたことが明らかである。しかも、いずれの手によるものであれ、それが不承不承書かれていたことが容易に察せられる。日々の記録は「一日で二十キロ進む」のように、簡略なものでしかないのである。

しかし、ある日（一月二十日）以降、筆跡はエトレのもののみとなり、しかもその記述が、たとえば、「眼前に広がる森や山は、今しがた横断してきた平坦な地域と対照をなしている。マダガスカルの事物の異様さはそこの人間の異様さに呼応している。道を曲がるたびに風変わりな風景が現れる」のように、「文学的」(14)とも言うべき入念なものになる。何より、エトレ自身、「わたしは優れた書き手ではない。しかしながら率直に思いを綴るよう努める」と、書くことに意識的になるのである。

ところで、そうした記述を読んで准尉は、「日誌が、まるでそれまでは書かれていなかったように、深まり広がり始めている」という印象を持つ。

ところが、日誌に変化が見え始めたのはシャリナルグ夫人殺害の翌日であり、しかもその当日には何も記されていない。こうしたことから准尉は、犯人はエトレであることを確信するに至る。

准尉の問題

それにしても、なぜ准尉はいち早くそうした変容に気づき、事件の真相を見抜くことができたのであろうか。

先にも触れたように、第一部では准尉が自分自身について語っている。その意味で、それは、日記という形式をとってはいないものの、一種の内面の日記として読むことができる。ここでは詳細は略すが、それをつづる文章がじつは非常に曖昧で、准尉は言葉による虚構の世界に生きていることが読み取れる。つまり、准尉がエトレの日誌の変容に気づいたのは、彼自身がすでに言葉の内包する不透明な空間に捕らえられており、そこから日誌を読んだからなのである。さらにそのことによって、准尉は、自らの罪をもはっきりと認識することになる。夫人が彼に託したお金を密かに着服しようとしていたのである。

「文学」の謎

あらためて注意したいが、准尉は、次のように述べていた。

ぼくには自分に向けられた合図だと分かる。あいつらは髪の毛や陽射し、あるいは調査を言いたかったのではない。そうではなく、今やこの身に起こるすべてのことに付け加わるあの別のものを言いたいのだ。それはぼくの思い出までも襲っては崩す。

しかし、言うまでもなく、エトレが女性の習俗等について記したのは、とくに准尉に狙いを定めてのことではない。エトレは必死にそれら事物の意味を問うていたにすぎない。しかし、そこに准尉は「別のもの」を読み取っている。そしてそれを自分に対する「合図」と受け取り、エトレ自身もそうした別の意味を志向していたように錯覚している。

また准尉は次のようにも語っていた。

エトレの心の内にも同様の気遣いを辿ることができる。時の経過とともに自明な事柄が減りゆき、ついには自分の歩く姿を、外側から別の男が見ているように見るに至るのだ。

たしかにエトレは日誌の最後で他人の眼に映る自分の姿を気にかけている。しかしエトレ自身はそうした自分を意識しているわけではない。むしろ彼には自己を明確なかたちで意識するということが不可能になってしまったのである。そしてそれゆえおのれを知るための助けを無意識のうちに他人に求めていたのである。准尉がエトレのうちに自分と「同様の気遣い」をみるとき、じつは彼はそうした不安をエトレの内面に投げ入れている。いわば、自分でエトレの日誌の余白に書き込んだにすぎないものをエトレ自身が書いたかのように読んでいるのである。さらに准尉は、エトレが入念に日誌を付けるようになったことに対し、「念入りになって、こちらからあてがわなくとも自ら労役を作り出していただろう。彼は内側に入ったのだ」と記している。しかしエトレは決して「内側に入った」のではない。エトレにあってはいわゆる内面は欠けている。彼は自己を見失っているのであり、その限りですべては外面でしかない。というより自己の内と外という区別を設けること自体が不可能なのである。エトレは内的なものとして予め存在するおのれの苦悩を言葉によって表現しようとしているのではない。彼の苦悩は言葉によって表現することそのものにある。自分から逃れてゆく世界を取り戻そうとしながら、自分を超えている言葉によってますます世界が遠ざけられてしまうことがエトレの不幸であるからである。エトレのうちに内面を存在させたのは日誌を読んだ准尉である。そしてそのとき日誌はエトレの内的苦悩を表現している「正真正銘の日記」となり、ある文学的価値を有するにいたるのである。言うまでもなく、エトレ自身は文学など意図していなかった。しかし自ら一種の内面の日記をつづっている准尉にとっては、彼の日誌は「文学」としてあり、また日誌の変容は「文学」の誕生を物語るものとなる。

ところでポーランは次のように言っていた。

言葉が意味をなすというこの奇妙な出来事を利用しようとしたあまり、言葉をその最も弱体化し、崩れようとするときに捉えることを余儀なくされたようだ。(15)

「言葉が意味をなす」とは、ある事物に対して予め与えられたものとしてわれわれが共有している意味を、その言葉が指し示す、あるいは思い起こさせるということであろうが、そのとき言葉は「その最も弱体化」した状態にあるというのである。とすれば、意味が成り立たず錯誤が生じるということは、言葉が本来の働きをしているからに他ならないことになる。

エトレにおいては約束事としての言葉の意味はすでに崩れている。エトレは錯誤の只中を、すなわち言葉本来の空間を彷徨《さまよ》っている。そして准尉は、その錯誤としての彷徨いをある内的な意味の表現とみることで二重の錯誤に陥っている。しかしそこに「文学」は存在するのである。

後にポーランは次のように書き記す。

文学にあっては、何かしら自由で、愉快で、恐らくは常軌を逸した何かがあるかのように、ところがその何かの記憶や概念までも今やわれわれは失ってしまっているかのように、そのようにすべてが推移している。(16)

この失われてしまっているものを回復することが、言いかえればエトレが失くした習慣を失くし続けることが、『新フランス評論』が自らに課す務め、しかも独自ではなく日常の語法に頼って成し遂げる務めとなるのである。

われわれのじつに些細な言葉さえもわれわれの理解を超えた論法や根拠を活用しているのです。われわれは論理のあらゆる側から溢れ出ているのです。『新フランス評論』の批評の方法について申し上げたいことは、それがまさにわれわれの理性を逃れようとするすべての口実や日常的論法にこだわるということであります。(17)

榊原直文

注

* 本稿は、かつて『フランス文学研究』(東北大学フランス語フランス文学会発行)の第五号、第六号、第八号に掲載された拙論に手を加えたものである。

(1) たとえば批評家ガエタン・ピコンはそれら短篇小説を「完璧な線で描写されていながら、それでいて同時に、奇妙にも暗示と曖昧さに開かれている注目すべき作品」(Gaëtan Picon, *Panorama de la nouvelle littérature française*, nouvelle édition revue et corrigée, Gallimard, 1976, p. 298.)と評している。

(2) 参考までに、病についてのポーランの言葉を挙げておきたい。
「痛みはわれわれが探しあぐねている真実を啓示してくれる。」(『ロベール・マレとのラジオ対話』Jean Paulhan, *Entretien à la Radio avec Robert Mallet*, in *Œuvres complètes*, Cercle du Livre Précieux, Tome IV, 1969, p. 487.)
「何かを教えてくれていないような病はない。」(『気で病む痛み』Jean Paulhan, *Les Douleurs imaginaires*, in *Œuvres complètes*, Gallimard, Tome III, 2011, p. 415.)

（3）　佐藤信夫「消失したレトリックの意味」『思想』第六八二号（一九八一年）。
（4）　この思いは晩年の「アカデミー・フランセーズ入会演説」を締めくくる次の言葉にも明らかである。
「楽園はいつもすぐそこにあるように思われます。われわれがそれを見る術を知らないのです。少なくとも言葉がその存在を証しています。言葉と、われわれが仕えている、あるいはむしろわれわれを利用している言語活動が。」

(Jean Paulhan, « Discours de réception à l'Académie française », in *Œuvres complètes*, Gallimard, Tome V, 2018, p. 234.)
（5）　この問題の詳細はまた別の機会に譲りたい。
（6）　Reinhard Tiffert, « Le texte et son secret, Approches des récits de Jean Paulhan », in *Cahiers Jean Paulhan 3*, Gallimard, 1984.
（7）　Jean Bellemin-Noël, *Vers l'inconscient du Texte*, P.U.F., 1979, p. 311.
（8）　*Ibid*., p. 310.
（9）　Karlheinz Stierle, « Réception et fiction », in *Poétique,* No. 39, Seuil, 1979, p. 317.
（10）　Maurice Blanchot, « La facilité de mourir », in *L' Amitié*, Gallimard, 1971, p. 174.
（11）　Richard Laszlo, « Conter le rêve », in *Littérature,* No. 54, Larousse, 1984, p. 52.
（12）　*Ibid*., p. 51.
（13）　Maurice-Jean Lefebve, *Jean Paulhan*, Gallimard, 1949, p. 153.
（14）　Maurice Blanchot, « Le paradoxe d'Aytré », in *La part du feu*, Gallimard, pp. 66-78.
（15）　Jean Paulhan, *Jacob Cow le pirate ou Si les mots sont des signes*, in *Œuvres complètes*, Gallimard, Tome II, 2009, p. 215.
（16）　Id., *Les Fleurs de Tarbes*, in *Œuvres complètes,* Gallimard, Tome III, 2011, p. 115.
（17）　Id., « La Méthode critique de la *N.R.F.*», in *La Nouvelle Revue Française*, No. 197, 1969, p. 981.

訳者あとがき

日本ではあまり知られていないと思われるこの作家について、簡単に紹介しておきたい。

一八八四年、南仏ニームに生まれる。父は『心的活動と精神の諸要素』などの著書のある哲学者フレデリック・ポーラン。九六年に一家でパリに転居。ソルボンヌ大学在学中、母が営む下宿の寄宿生で無政府主義者のロシア人女性たちと親しくする。一九〇八年から一〇年にかけてマダガスカルに文学の教師として滞在。

一〇年末にパリに戻り、東洋語学校でマダガスカル語を教える。一四年、第一次世界大戦に第九フランス歩兵連隊軍曹として参戦（八月）、負傷（一二月）。二一年、ジャック・リヴィエールに誘われ文芸誌『新フランス評論』の編集に加わり、二五年、リヴィエールの死に伴い、同誌編集長。以後、フランス文壇に極めて大きな影響を及ぼすことになる。なお、四一年に刊行される主著のひとつ『タルブの花』は、すでにこの時期にその第一稿が書き上げられており、その加筆・修正が続けられていた。第二次世界大戦中は『新フランス評論』の編集から離れ、いち早くレジスタンス（対独抵抗運動）に身を投じ、同名のパンフレットを印刷、配布。四一年、そのかどでゲシュタポに逮捕されるも一週間後に釈放。その後ほどなく、ジャック・ドクールとともに『レットル・フランセーズ』紙を創刊し、抵抗を続ける。

しかし、戦後は、フランス共産党の機関紙と化した同紙を離れ、その対独協力派粛清の行き過ぎを非難。五三年にマルセル・アルランとともに『新フランス評論』を復刊し、政治的な主義主張を問わず、多くの作家を世に送り出す。また『キュビスム絵画』等の美術評論をはじめ、多数の著作をのこす。六三年、アカデミー・フランセーズ会員に選出される。六八年、パリにて死去。

ジャン・ポーランの生涯の歩みはおおよそ右のようである。

さて、その生涯の著作の中で、短篇《レシ》として分類されるべき作品は、ほんの数頁からなるものを含めて、十二篇を数える。その中から、ここでは、短篇小説と呼ぶにふさわしい物語性を有した五篇を選び、訳出を試みた。そのいずれも、背景には、ソルボンヌ大学時代からマダガスカル滞在を経て第一次世界大戦で負傷し療養するまでの自身の体験がある。

わたしが初めてジャン・ポーランを読んだのは、大学院の授業で『あらゆる批評への小序』が取り上げられたときだったと記憶する。その独特なフランス語に惹きつけられ、大学図書館の地下倉庫に入って、ポーランの他の書を求めて暗がりを探したのを今でも鮮明に覚えている。たしか多くは見出せなかったのだが、そんな折、フランス語書籍の専門書店、フランス図書からの案内に全五巻の『ジャン・ポーラン全集』がのっていた。五万円というその価格にしばし迷った末に思い切って買い求め、これまた薄暗い間借りの部屋でずっしり重い深緑の表紙に包まれた書を手にしたことが、まるで昨日のことのように思い出される。以来、四十年余り、わたしはジャン・ポーランに親しんできた。

訳出にあたっては *Œuvres complètes, Tome I*, Cercle du Livre Précieux, 1966 に拠ったが、ガリマール社からの新全集第一巻（二〇〇六年）も随時、参照した（「ジャン・ポーランの短篇小説の世界」の注は可能な限りこの版によった）。なお、その新版によれば、各作品の実際の推定執筆時期は次の通り。

『ひたむきな戦士（*Le Guerrier appliqué*）』一九一五年―一九一六年
『かなり緩やかな愛の前進（*Progrès en amour assez lents*）』一九一六年
『苛酷な恢復（*La Guérison sévère*）』一九一六年（この作品には本書に収められた短篇の中で唯一、既訳がある。堀口大學訳『嶮しき快癒』伸展社、一九三七年）
『渡られし橋（*Le Pont traversé*）』一九一六年―一九一七年
『習慣を失くすエトレ（*Aytré qui perd l'habitude*）』一九二〇年

＊

本訳書は、わたしの甚だ不躾な原稿送付を「とても面白い」と温かく受け入れてくださった水声社の鈴木宏氏のご理解がなければ実現しなかった。心より感謝を申し上げたい。また、同社の若き編集部員村山修亮氏からも貴重なご助言をいただいた。よき伴侶を得た思いである。ありがとうございました。

榊原直文

著者／訳者について——

ジャン・ポーラン（Jean PAULHAN）　一八八四年ニームに生まれ、一九六八年ヌイイ＝シュル＝セーヌに没する。フランスの作家、文芸批評家、編集者。アカデミー・フランセーズ会員。フランスを代表する文芸誌『新フランス評論（*La Nouvelle Revue Française*）』の編集長を長らく務める。おもな著書に、『タルブの花あるいは文学における恐怖政治（*Les Fleurs de Tarbes ou la Terreur dans les lettres*）』（晶文社、一九六八年）がある。

＊

榊原直文（さかきばらなおぶみ）　一九五五年、茨城県に生まれる。東北大学文学部卒業。同大学同学部仏文学科助手（一九八七—八九年）、奥羽大学文学部フランス語フランス文学科助教授・教授（一九八九—二〇〇七年）。専攻＝フランス文学。おもな訳書に、M・ド・モージュ他『フランス人の幕末維新』（共訳、有隣堂、一九九六年）などがある。

かなり緩やかな愛の前進

二〇二二年八月一〇日第一版第一刷印刷　二〇二二年八月二〇日第一版第一刷発行

著者――ジャン・ポーラン
訳者――榊原直文
装幀者――宗利淳一
発行者――鈴木宏
発行所――株式会社水声社
東京都文京区小石川二―七―五　郵便番号一一二―〇〇〇二
電話〇三―三八一八―六〇四〇　FAX〇三―三八一八―二四三七
［編集部］横浜市港北区新吉田東一―七七―一七　郵便番号二二三―〇〇五八
電話〇四五―七一七―五三五六　FAX〇四五―七一七―五三五七
郵便振替〇〇一八〇―四―六五四一〇〇
URL: http://www.suiseisha.net

印刷・製本――モリモト印刷

ISBN978-4-8010-0660-7